The Womanizer

# Hot Business 3

Traumfrauen gibt es in jeder Firma

The Womanizer

# Hot Business 3

## Traumfrauen gibt es in jeder Firma

**Bibliografische Informationen der Deutschen Nationalbibliothek**
Die Deutsche Nationalbibliothek verzeichnet diese Publikation in der
Deutschen Nationalbibliografie; detaillierte bibliografische Daten sind
im Internet über dnb.dnb.de abrufbar.

Printed in Germany


ISBN 978-3-7526-0883-0


Herstellung und Verlag: BoD – Books on Demand, Norderstedt

# Hot Business 3

## Traumfrauen gibt es in jeder Firma

### *The Womanizer*

## Inhaltsverzeichnis

HOT BUSINESS..................................................................... 6
ANASTASIA; KYLIE & NELE & HELENE ........................... 7
SOPHIE ............................................................................. 23
JULIETTE & OLGA........................................................... 25
ANNA-CHRISTINA............................................................ 31
NINA................................................................................. 40
CHIARA............................................................................. 47
EVELYN............................................................................. 52
CHARLOTTE...................................................................... 57
HEIDI ................................................................................ 61
PIPPA; BECKY ................................................................. 63
LAETITIA........................................................................... 71
AMALIA; SUSANNA ......................................................... 74
JACKIE .............................................................................. 82
THE WOMANIZER BUCH-TIPPS...................................... 89

# Hot Business

Seit 20 Jahren arbeite ich nun schon als TV-Produzent. Angefangen habe ich als angestellter Mitarbeiter, stieg auf zum Vize und übernahm schließlich die große Company. Ja, wer kann, der kann! Ich bin nun schon 17 Jahre mit meiner heutigen Ehefrau Andrea zusammen und habe 2 tolle Kinder mit ihr. Und trotzdem habe ich sie unzählige Male sexuell betrogen. Still going. Vielleicht ist Fremdgehen das schönere Wort. Oder einfach Spaß haben mit anderen Frauen, mich sexuell ausleben. In jeder Firma gibt es hübsche und willige Frauen, die bereit sind auf mehr. Die Lust haben, sich verführen zu lassen und mit dem Womanizer in die Kiste zu springen. Kolleginnen, Praktikantinnen, Geschäftspartnerinnen – die Liste jener ist lang. Und sexy.

Als ich mir einen Überblick in meinen Unterlagen verschafft habe, war mir klar, dass es ganze 3 Bücher benötigt, um Euch meine heißesten Affären mit meinen schärfsten Kolleginnen zu präsentieren. Dies ist Band 3. Model Anastasia war die perfekte Frau. Kylie, Nele & Helene vernaschten mich zu dritt. Die Schweizerin Sophie war eine Footjob-Expertin. Juliette und Olga kämpften zuerst um mich, danach teilten sie schwesterlich. Sexy Moderatorin Anna-Christina wettete, mich in unter 5 Minuten zum Höhepunkt blasen zu können. Ich wettete dagegen. MILF Nina (23) war mehr als nur meine Angestellte. Chiara gewann ich über ein listiges Trick-Spiel. Evelyn tat alles für den Erfolg ihrer Tochter. Charlotte vertrat ihren Mann Reiner mehr, als dieser wusste. Immobilienmaklerin Heidi landete zielsicher in meinem Bett. Meine ehemalige Chefin Becky wurde schwach. Laetitia wollte meine Firma schlucken, na, doch sie schluckte etwas anderes. Projektassistentin Susanne führte mich in härteren Sex ein. Und meine Abenteuer mit der krassen Tattoo-Frau Jackie (34) sind jetzt schon legendär.

Ja, „Hot Business" habe ich diese erotische Buch-Reihe genannt, getreu des Mottos: Traumfrauen gibt es in jeder Firma. Ich wünsche Euch viel Freude und heiße Stunden beim Lesen und mir Nacheifern.

Euer Womanizer

# Anastasia; Kylie & Nele & Helene

20 Jahr, blondes Haar – das war Anastasia. Wir casteten für eine neue Show ein paar hübsche Models, die nicht sprechen, sondern gut aussehen sollten. Hübsches Beiwerk. Ich ließ es mir als Playboy, der ich durch und durch bin, nicht nehmen, persönlich dieses Casting zu leiten. Über 100 attraktive, junge Frauen saßen in der Halle und warteten auf ihre Kurzauftritte. Der Tag verging wie im Paradies: Eine sexy Lady nach der anderen bezirzte uns mit schönen Posen und strahlenden Augen. Am liebsten hätte ich sie alle genommen, doch gesucht wurden nur 5. Meine Wahl fiel nach Absprache mit meinem tollen Team auf Lisa, Heidi, Tamina, Kylie und Anastasia. Diese 5 beorderte ich nacheinander in mein Office, wo ich ihnen den Deal, ihre Aufgaben und Gage verriet. Ich verhielt mich offen und charmant, aber nicht sexuell drückend. Lisa war die erste. Sie war 22 Jahre, groß, knappe 1,85 m, dafür äußerst schlank. Die Münchnerin bedankte sich artig und wir unterhielten uns gut. Heidi sah aus wie das hübsche Mädel von nebenan, doch mein Typ war sie nicht, sie passte aber gut ins Bild.

Ihre Haare waren mir zu kurz, ihr Gesicht zu asymmetrisch, ihr Körper offenbarte eine schöne Figur. Heidi flirtete mit mir, doch Interesse hatte ich an ihr nicht, also verhielt ich mich seriös und schickte sie wieder raus. Tamina war eine dunkelhäutige Schönheit. Wer auf diesen Typ Frau steht, für den wäre sie die perfekte Wichsvorlage. Ich bevorzuge nicht so sehr Frauen aus diesen Kulturkreisen, also kam sie für mich nicht infrage.

Ihre lockigen, langen Haare reichten fast bis zum knackigen Po hinunter, ihre dünnen, schwarzen Finger konnte ich mir nicht um meinen sauberen Dong vorstellen. Also raus und Kylie rein. Die war mein Ding: 1,70 m, 52 kg schlank, wunderschönes Gesicht, 24 jung und eine supersexy Erscheinung. Ihre hellbraunen Haare trug sie die halbe Wirbelsäule hinab. Offen und gewaschen. Viel Make-up brauchte sie nicht, sie strahlte so. Ihren Mund hätte ich gerne mit einem Mon Chéri oder Duplo gefüttert. Am allerliebsten mit meinem Schwanz. Leider sprach Kylie auf meine diskreten Annäherungsversuche nicht an.

Entweder sie schien es nicht zu bemerken oder sie ignorierte diese bewusst. Risiko eingehen wollte ich nicht, also fuhr ich zurück und beließ es bei der Arbeit. Ich hatte schon aufgegeben, dann kam Anastasia. Sie fiel mir um den Hals und drückte mir ein Bussi auf die Backe: „Danke, dass Du mich genommen hast", säuselte sie. Ich horchte auf. Sie schien offen zu sein und ging mächtig ran.

Strahlend machte sie mir schöne Augen und Beine und erzählte mir, dass dies nach dem Playboy ihr nächster großer Auftritt sei. Ich fragte: „Playboy? Wie meinst Du das?" „Das Magazin", antwortete sie, „in der nächsten Ausgabe bin ich." Als sie ihr iPhone zückte und mir ein halbnacktes Bild von sich präsentierte, glaubte ich ihr. „Barbados", strahlte sie. Das war nicht der Name ihres Freundes, sondern des Ortes, an dem das Foto entstand. Sie war oben ohne. Sie musste mein Interesse bemerkt haben, also scrollte sie und präsentierte ein weiteres Foto, wieder oben ohne. Wunderschön. Das Foto.

Wunderschön auch sie. Ich bekam einen Steifen, was Anastasia aber nicht sehen konnte. „Hast Du nur oben ohne geshootet oder auch ganz nackt?", fragte ich forsch. „Auch ganz nackt", war ihre forsche Antwort. Blickkontakt. 5 Sekunden. 10 Sekunden. 15 Sekunden. Schließlich platzte es aus mir heraus: „Darf ich die Bilder auch sehen? Hast Du sie dabei?" „Klar", lächelte sie verdorben. Sie spielte mit mir. „Zeigst Du sie mir heute Abend nach einem Essen beim Italiener?"

Der Womanizer hat einfach die besten Tricks auf Lager. Ihre Antwort konnte nur Ja lauten. Gott sei Dank nickte sie brav und gab mir ihr Ja-Wort. Wir verabredeten uns für 19 Uhr bei Don Camillo, einem leckeren Italiener im Herzen Münchens. Meine Frau Andrea bekam die Geschäftsstory aufgetischt und ich fuhr am frühen Abend zu Camillo.

Anastasia wartete am Eingang, sie war in Rot gekleidet. Umwerfend sah sie aus. Im Restaurant begutachtete ich sie: Ihre Haare waren dunkelblond mit rötliche Strähnen, etwa 40 cm lang, ihre Figur glich der eines Top-Models, ihre Lippen waren sinnlich, Zähne gesund, Hände niedlich, Beine haar- und cellulitefrei. Anastasia war russischer Herkunft, sprach aber perfekt Deutsch, weil sie in Nürnberg geboren wurde.

Wir unterhielten uns angeregt. Als ich den richtigen Moment erspürte, fragte ich sie nach dem versprochenen Foto, doch da kamen die Vorspeisen dazwischen. Wir aßen die Suppen, sie waren gut. Ebenso die Pizzen und das Eis. Glücklich seufzte und schnalzte Anastasia, glücklich seufzte und schnalzte ich. „So, jetzt aber, jetzt gibt es keine Ausreden mehr, lass sehen", forderte ich sie auf, sich mir nackt zu zeigen. „Okay", hauchte sie und rückte mit dem Stuhl näher heran. Sie startete die Foto-Show mit denselben Fotos, die ich kannte. Diesmal hatte ich Zeit und betrachtete die Fotos genau.

Netterweise gab sie mir ihr Handy und ich zoomte richtig ran, um alles bestmöglich erkennen zu können. Was folgte, war Foto Nr. 3. Alles ohne. Anastasia lag auf dem Sand und wurde von oben geknipst. Ein wunderschön definierter Körper war zu sehen. Eine blank rasierte Muschi machte das Barbados-Paradies perfekt. Dazu ein leidenschaftlicher Blick in die Kamera. Geil! Ich hatte einen Ständer, den Anastasia diesmal sah. „Was sehe ich da?", stupste sie mich an und deutete auf meine Hose. Die Delle war nicht zu übersehen.

Ich grinste und widmete mich wieder dem Foto. Ich scrollte weiter. Noch eines ganz nackt. Hüllenlos, wie Gott sie geschaffen hatte. Diesmal saß sie auf einem Hocker und zog alle Blicke auf sich. Diese Frau war ein Sex-Luder. Sie musste es faustdick hinter den Ohren haben, mit so einer Ausstrahlung, so einem Blick und so einem exquisiten Körper. Ich ging in die Offensive: „Wunderschöne Fotos, aber was ist bearbeitet an Dir?", fragte ich sie mit ernster Miene.

„Nichts, wie meinst Du das?", schaute sie mich mit großen Augen an. „Deine Brüste sind zu perfekt auf diesen Bildern. Sie stehen wie eine Eins. Beide Brüste gleich geformt. Das ist zu perfekt, um wahr zu sein. Deine Beine und die Hüfte, keine Falte, keine Hautunreinheit, bildschön. Dein Po: Perfekt geformt. Zu perfekt. Was hat der Playboy an den Fotos bearbeitet?" Anastasia wurde wütend:

„Nichts", giftete sie mich an, „alle Fotos sind echt! Da wurde nichts geschönt, das habe ich nicht nötig. Ich bin schön, von Natur aus." „Natürlich bist Du schön, Du bist eine bildhübsche Frau, aber so perfekt wie auf den Fotos?

Das kann kaum sein. Ich weiß aus der Branche, wie da getrickst wird, wie die Problemzonen bearbeitet werden." „Ich habe keine Problemzone!", kreischte sie mich an. „Ich bin echt. Wenn Du mir nicht glaubst, Dein Pech." „Wenn ich Dir nicht glaube, DEIN Pech, dann fühle ich mich veräppelt und vielleicht streiche ich Dich von der Besetzungsliste. Verarschen lasse ich mich nicht." Das saß.

Die Kleine war den Tränen nah. Sie schaute auf den Fußboden. Dann blickte sie mich an: „Ich beweise Dir, dass ich genauso schön bin wie auf den Bildern. Du kannst Dich persönlich davon überzeugen. Und wenn ich Dich überzeugt habe, behalte ich den Auftrag, okay?" „Okay, Deal", schlug ich ein und entlockte ihr wieder ihr süßes Lächeln. Aufgeregt zahlte ich und wir fuhren zu ihr. Anastasia wohnte in einer schnuckeligen 2-Zimmer-Wohnung im Münchener Osten. Ich sollte mich aufs Sofa setzen. Die Hübsche verschwand im Bad und kam 5 Minuten später in einem Bademantel auf mich zu.

„Jetzt kannst Du Dich überzeugen, dass ich wirklich so schön bin wie auf den Fotos." Lächelte sie, öffnete den Mantel und ließ ihn zu Boden gleiten. Da stand sie, splitterfasernackt, direkt vor mir. Ihr Körper war einer der allerschönsten, die ich je gesehen habe: Perfekte Brüste, wunderschöne Proportionen überall. Sie drehte sich wie eine Ballerina und präsentierte sich von allen Dimensionen. Ich starrte auf diesen göttlichen, 20-jährigen Körper und bekam nur ein „Einfach perfekt" heraus.

Langsam fuhren meine Hände aus, um dieses Kunstwerk zu betasten. Anastasia ließ es zu und ging den Schritt auf mich zu. Meine Hände fühlten Gott. Allein Anastasias Körper zu berühren, schoss mir alle Säfte ins Glied. Ich fuhr ihren Körper in Zeitlupe ab und resümierte dann:

„Anastasia, Du hast Recht: Du bist in natura genauso schön wie auf den Fotos. Unglaublich, so eine reine Schönheit. Darf ich von Deinem Traumkörper Fotos machen?" „Wieso? Es gibt schon die Playboys Pics", antwortete sie. „Schon, aber ich hätte gerne ein paar exklusive." „Schon gut, Du darfst, mach", grinste sie und begab sich in Pose. Ich zückte mein iPhone X und drückte ab. Immer wieder. So viel Schönheit muss für die Nachwelt – korrekter: für mich – festgehalten werden.

Klick, klick, klick. Anastasia ließ sich shooten und setzte ihr verführerischstes Lächeln auf. Extra für mich. Nach 64 Fotos wollte ich testen, ob dieser Körper genauso gut Sex kann wie er aussieht. Ich legte mein X zur Seite, kniete mich vor Anastasia, küsste ihren gepiercten Bauch und streichelte ihre Brüste. Anastasia genoss meine Zärtlichkeiten. Mein Mund wanderte tiefer, bis ich an ihrem Venushügel angekommen war. Der war aalglatt und frisch poliert. Gut duftete es nach purer Weiblichkeit, also ging ich einen Step weiter und leckte ihre bilderbuchschönen äußeren Schamlippen hoch und runter.

Anastasia mochte das sehr, sie atmete laut. Jetzt waren die inneren Schamlippen dran. Sie atmete lauter. Jetzt die stecknadelklopfgroße Klitoris. Anastasia atmete am lautesten. Gut so. Meine Hände kneteten ihren Po und streichelten ihre Schenkel. Kniend befriedigte ich sie stehend oral. Ich blickte hoch und sah eine wunderschöne Frau. Diese sollte kommen. Ich ging zu meiner speziellen Leck-Technik über: Zunge 2 cm tief in die Röhre und mit ordentlichem Druck in alle Richtungen züngeln. Anastasia fiel fast um, als sie kam. Sie zuckte heftig und stöhnte laut. Ihr Körper bebte 30 Sekunden, ich züngelte weiter, bis sie vor mir zusammensank und mich auf den Mund küsste.

„Das war wunderschön", knutschte sie mir ins Ohr und umarmte mich. Ihr Körper fühlte sich an meinem so sexy an. „So, jetzt stellst Du Dich hin und ich verwöhne Dich." Das tat sie auch. Anastasia streichelte meinen Dong, meide Hoden, Po, Brust und machte mich rattenscharf. Dann nahm sie ihn in ihren Mund. Mein Penis hatte es geschafft: Er hatte das Paradies gesehen! Er befand sich darin. Mit unfassbarer Effizienz blies Anastasia mir einen, dass ich mir vorkam wie Adam auf Wolke 7. Ihre Hände leisteten perfekte Arbeit, ebenso ihr Mund.

Dieses Luder wusste, was geiler Sex ist und wie er genau funktioniert. Ich musste aufnehmen, also griff ich – ohne sie zu fragen, denn das hätte den Moment zerstört – zu meinem iPhone und hielt von oben drauf. Anastasia bemerkte dies, doch zu geil war das Szenario, um es abzubrechen. Leidenschaftlich fuhr sie ihren genialen Blowjob fort, bis ich unruhiger wurde. Sie spürte, dass ich kurz vorm Höhepunkt war, doch anstatt Vollgas zu geben, verlangsamte sie das Geschehen.

11

Ein unüblicher Vorgang, aber sehr intensiv. 3 Minuten rückte ich Millimeter für Millimeter näher an den point of no return heran. Als ich diesen endlich überschritt, kam ich megaheftig. Anastasia lutsche in Zeitlupe weiter und erlöste mich vollkommen. Mein Sperma verschwand in ihrem Mund, kein Tropfen rutschte über ihre Lippen heraus. Auch das Nachspiel beherrschte sie. Anastasia lutschte, leckte und streichelte 5 Minuten weiter, was in mir ein wahnsinnig intensives Wohlgefühl erzeugte. Ich filmte weiter, bis sie fertig war.

Der Sex mit Anastasia war Hammer. Grund genug, über Nacht bei ihr zu bleiben. Damals war ich noch vogelfrei, Andrea existierte noch nicht für mich. Nach langem Kuscheln startete ich die zweite Runde. Diesmal wollte ich das hübsche Ding ficken. Anastasia ließ es sofort zu. Ohne Gummi steckte ich ihr meinen Schwanz in die Fotze und nagelte sie in der Missionarsstellung durch. Dann von hinten. Als er rausrutschte, steckte ihn Anastasia sich wieder rein. Aber in Luke 2, die anale. Doch ohne Gummi und Flutsch-Mittel wollte er nicht so recht, zu eng war ihr Anus. Also wieder in die weitere Röhre.

Doggy Style dampfte ich mir einen ab, bis sie ihre Hüft- und Vaginalmuskeln zusammenkrampfte und sich und mir den Orgasmus bescherte. So schliefen wir erschöpft ein. Am nächsten Morgen erwartete mich ein Blowjob der 20-Jährigen, dann musste ich auf Arbeit. Ein paar Tage später fand besagte Show-Aufzeichnung statt, zu der meine Top-Mädels geladen waren. Anastasia kam bildhübsch und stahl allen die Show, bis auf Kylie. Die 24-jährige Schönheit übertrumpfte alle: Sie sah aus wie Cindy Crawford in jungen Jahren. Sie hatte mir beim Casting ja schon außerordentlich gefallen, ich hätte sie auf der Stelle genommen, aber irgendwie hatte sie meine Flirtversuche ignoriert.

Sollte ich es erneut versuchen? Ich war mir unsicher, hatte ich doch Anastasia an der Leine. Der Dreh lief perfekt und es wurde Abend. Nach und nach verabschiedeten sich alle Teilnehmer und Teilnehmerinnen, auch Anastasia musste gehen. Als ich alleine war und nach meiner Tasche suchte, hörte ich Schritte auf mich zukommen. Ich drehte mich um, da stand Kylie. „Du, mein Handy muss hier noch herumliegen", startete sie die Konversation, „kannst Du mir beim Suchen helfen?"

„Klar", lächelte ich und lief in den Westen. Sie beschnupperte den Osten. Im Süden trafen wir uns. „Nichts", nickte sie traurig. Vielleicht war es im Norden. „Wir müssen dort drüben noch schauen", nahm ich sie an der Hand. Kylie folgte mir wie ein Schulmädchen, doch leider war auch hier die Suche vergeblich. Sie war den Tränen nahe, doch dann kam mir die Lösung: „Gib mir Deine Nummer." „Warum?" „Dann rufe ich Dich an, vielleicht haben wir Glück und hören es, wenn Dein Gerät hier ist."

Kylie war begeistert von meiner genialen Idee, und wenige Sekunden später hörten wir die AC/DC-Hymne „Highway to Hell" röhren. „Das ist meines!", jubelte sie und lief die entscheidenden Schritte ins Eck. Dann kramte sie unter einer Polstergarnitur herum und hob siegreich ihr geliebtes Mobilgerät in die Höhe. „Danke für Deine Hilfe", umarmte sie mich sofort. „Wie kann ich das wieder gut machen?" Bevor ich etwas sagen konnte, küsste sie mich. Noch ein Kuss. Gut waren sie.

„Sind wir hier allein?", hauchte sie. „Ja, alle sind weg", antwortete ich. „Gut", hauchte sie zurück und kniete sich vor mich. Dann öffnete sie meine Jeans und packte meinen Ding Dong aus. Kylie küsste seine Spitze, dann mehr, dann noch mehr. Schließlich war er in ihrem Mund. Ich stand in unserer Produktionshalle und bekam von der 24-jährigen Kylie derart einen geblasen, dass mir schwindelig wurde. „Warte", flüsterte ich und setzte mich auf die Polstergarnitur, dann durfte Kylie weiterblasen. Sie blies ungeheuerlich gut.

Mit schnellen Auf-und-ab-Bewegungen steuerte sie ihren Mund hoch und runter. Eng an meinem Schaft entlang. Ihre linke Hand wichste mit, ihre rechte Hand kraulte meine geschwollenen Eier. Sie sah so süß in ihrem blumigen Kleid aus; ihre Brustwarzen waren hart zu erkennen. Ihre lackierten Fingernägel schmückten meine Geschlechtsorgane.

Kylie blies nun schneller, ich spürte mein Ende kommen. Genüsslich lehnte ich mich nach hinten und sah zu, wie mein Sperma in ihren Mund schoss. Kylie zuckte kurz, doch sie blies professionell weiter, dann präsentierte sie mir den vollen Spermasee in ihrem Mund und vernichtete ihn mit nur einem Schluck. Dieser Blowjob war genial, dafür musste ich mich revanchieren.

Ich hob die 52-kg-Leichte an den Hüften in die Luft und setzte sie auf die Polstergarnitur. Dann kniete ich mich hin und wollte meinen Kopf unter ihren Rock stecken, doch das wollte sie nicht. „Warum nicht?“, fragte ich. „Das ist sehr intim“, meinte sie, „nicht beim ersten Mal.“ Blasen beim ersten Mal ist okay, aber Lecken nicht? Komische Moralvorstellungen sind das! Aber egal. Vergewaltigen wollte ich sie nicht, dazu bin ich nicht der Typ. Eine Frau soll bei mir Spaß haben. „Morgen?“, bohrte ich nach. „Vielleicht“, lächelte sie, küsste mich und ging. Tags darauf schickte ich Kylie eine SMS und fragte sie nach einem Date. Sie bestätigte mir den Italiener, den ich vorgeschlagen hatte. Ich zog mich gut an mit Jeans, Hemd und Sakko, sie kam krass sexy im kurzen Rock mit Top und Jeansjacke. Wir aßen gut und unterhielten uns ebenso gut.

Sie erzählte mir, dass sie BWL studiert und Single sei. Ihre letzte Beziehung sei gescheitert, weil ihr Ex von ihr einen Sex-Dreier mit seinem besten Kumpel einforderte, was sie unmöglich fand. „Mit einer anderen, hübschen Frau ist geil, aber nicht mit 2 Männern.“ Recht hat sie. „Hast Du schon mal Sex mit 2 Frauen gehabt?“ „Ja“, protzte ich, „mehrfach, es war immer genial.“ Sie staunte. Das Thema Sex war nun unseres. Ihre Hand lag auf meinem Oberschenkel und rutschte näher Richtung Hosenstall. Schließlich zahlte ich und wir fuhren zu ihr. Kylie wohnte in einer WG mit 2 Mädels ihres Alters, beide waren zu Hause.

Rasch zog Kylie mich – unter den Blicken der beiden – in ihr Zimmer. „Das waren Nele und Helene, meine Mitbewohnerinnen und besten Freundinnen, sie studieren auch BWL, wir wohnen seit 2 Jahren zusammen.“ Kylie verschwand kurz auf Toilette, während ich es mir auf ihrem Kuschelbett kuschelig machte. Ich hörte Frauengetuschel, dann kam Kylie zurück und legte sich in meinen starken Arm.

Sie hatte nur noch einen schwarzen String-Tanga und ihren BH an. Vorsichtig küsste sie mich auf den Mund und streichelte meine trainierte Brust. Ich hatte längst ´nen Steifen in der Hose und schob Kylies Hand genau auf meinen Dong. Schwupps, war dieser draußen und meine Bettgespielin rückte mit ihrem Mund immer näher, bis sie ihn drin hatte.

Kylie war eine Blowjob-Expertin. Sie blies genial! Gleichzeitig verabschiedete sie ihren BH. Ihre Brüste waren formschön, so liebe ich sie. Mit derselben Technik wie in unserer Produktionshalle verwöhnte sie mich, bis ich ihr meinen point of no return mit einem „Jetzt gleich" ankündigte. Lasziv wichste sie mein Sperma auf ihre Titten. Ich stöhnte leise, um die Aufmerksamkeit unseres Aktes nicht ins bewohnte Wohnzimmer zu lenken. Jede Titte sollte dasselbe abbekommen. Es war wundervoll, doch hatte ich das Gefühl, beobachtet zu werden.

Doch das konnte kaum sein. Schließlich war außer uns niemand im Raum. Lag wahrscheinlich daran, weil Kylies 2 Freundinnen in der Wohnung waren. Diesmal durfte ich endlich an Kylies Pussy. Bereitwillig legte sie sich in Nehmerlaune in die Nehmerstellung und ließ sich von mir am ganzen Körper küssen und züngeln. Mit meinen Zähnen zog ich ihr den Slip aus und erlebte eine saftige Teenie-Pussy ohne Schamhaare.

Geil! Sie schmeckte genauso gut wie sie roch und aussah. Ich, der Zungenakrobat, leckte Kylie in Ekstase. Zuerst die äußeren Schamlippen, dann die inneren. Kylie stöhnte lauter als ich, sie nahm kein Blatt vor den Mund, sollten Nele und Helene mitbekommen, wie geil es hier abgeht. Ich küsste, saugte, züngelte und leckte erfahren weiter, bis Kylie durchdrehte und 3 Orgasmen am Stück erlebte. Dann senkte sie ihr Becken und entspannte sich. Ich kroch auf sie und küsste sie leidenschaftlich auf ihren süßen, roten Mund.

„Das war geil", lobte sie mich und träumte an die Decke. Nach 10 Minuten musste ich auf Toilette. Ich stand auf, zog Unterhose und Hemd an und ging zur Tür. Da hörte ich schnelle Schritte im Wohnzimmer. Fand da ein Umzug statt? Ich öffnete die Tür und schaute ins Viereck: Nele und Helene saßen auf dem Sofa und schauten fern. Sie lächelten mich nett an, doch ihre Blicke verrieten mehr.

Ich bin ein Frauen-Versteher und kenne Frauen sehr gut. Ich weiß, wie sie ticken und sich verhalten. Irgendwie verhielten sich die beiden Schönheiten nicht normal. Ich pisste mir einen ab, dann ging ich unter ihren beobachtenden Blicken zurück zu Kylie. Ich wollte die Geschichte Kylie erzählen, doch die hatte andere Pläne: Sie wollte mich spüren: Tief und hart.

Ihre Hand massierte meinen Penis in Punkt-12-Stellung hoch, während wir knutschten. Dann zückte sie ein Noppenkondom, das sie mir überblies. Ich sollte sie als Missionar beglücken. Kylie war schön eng. Dann wollte sie reiten. Mann, das tat sie im wahrsten Sinne des Wortes. Auch rückwärts war angesagt. Zum Finale spielten wir Hund 1 und 2. Ich nagelte sie Doggy gnadenlos, bis ich abschoss. Ein heftiger Orgasmus war es, der mich erfüllte. Kylie war noch nicht gekommen, also leckte und zungenknetete ich sie erneut zu 3 Höhepunkten in Serie.

Während Kylie ausstöhnte, hörte ich wieder Geräusche direkt vor der Tür. Hatten wir etwa 2 geile Lauscherinnen? Oder Schlüssellochguckerinnen? Die Tür hatte ein großes Schlüsselloch, das auf Kylies Bett zeigte. Möglich war es also. Ich sagte nichts, sondern überlegte mir einen Schlachtplan. Nach 20 Minuten Kuscheln verabschiedete ich mich von Kylie und den Mädels. 2 Tage später waren Kylie und ich zum Essen verabredet. Tricky, wie ich bin, entlockte ich Kylie mehr Infos über ihre Busenfreundinnen.

„Die beiden sind so lieb. Uns verbindet eine sehr enge Freundschaft, wir haben keine Geheimnisse voreinander, helfen uns in allen Lagen, auch bei Liebeskummer, genießen unsere schönsten Momente miteinander, spannende Abenteuer und so." „Auch Sex-Abenteuer?", fragte ich frech. Kylie lachte laut: „Du bist aber neugierig." Ich bohrte und bekam heraus, dass das Thema Sex kein Tabu zwischen ihnen ist. Genau formulierte sie es nicht, aber mir war klar, dass die Mädels untereinander sich sicher hin und wieder gegenseitig Vergnügen bereiteten und schon gemeinsam den einen oder anderen Mann verwöhnt hatten.

Mein Gedankenkarussell drehte sich schnell und ich erträumte mir einen geilen Vierer am späteren Abend. Um 21:30 Uhr fuhren wir zu Kylie. Und Nele und Helene waren wieder da. Diesmal stellte mich Kylie den beiden vor und wir plauderten 15 Minuten zu Cola, ehe mich Kylie in ihr Zimmer schob. Ich nutzte diese 15 Minuten, um Nele und Helene zu begutachten. Nele war ca. 1,78 m groß und schlank. Sie ging jeden Tag 1 Stunde joggen, das sah man ihrer sportlich-trainierten Figur an. Lange, blonde Haare wellten sich hinab bis zum Po.

16

Ihre Augen waren groß und offen, ihr Mund wohlgeformt, ihre Brüste fest, ihre Hände zart. Ihr Lächeln war atemberaubend, sie hatte wunderschöne Zähne und eine gepiercte Zunge. Helene war klein, schwarzlanghaarig, knapp über 1,60 m, sehr dünn. Dafür waren ihre Möpse groß, gemacht. Ihre Augen sexy geschminkt, ein kleines Nasen-Piercing verzauberte ihren rechten Flügel. Ihre Finger waren lang für so eine kleine Frau, ihr Po knackig, dünne Oberschenkel und Waden. Beide gefielen mir!

Kylie zog sich und mich aus und küsste meinen Dong steif. Ich konzentrierte mich auf die sexuellen Handlungen, aber auch auf die Tür. Als Kylie ihn im Mund hatte, hatte ich das Gefühl, beobachtet zu werden. Draußen lief laut der Fernseher, aber ich hörte Rascheln an der Tür. Aha, sind die Spioninnen wieder da! Ich wurde neugierig, drehte uns und verwöhnte nun oral die schöne Kylie. Ihre Pussy schmeckte genauso gut wie vor 48 Stunden. Ich wartete auf den idealen Moment, da richtete ich mich blitzschnell auf, stürmte zur Tür und riss diese auf. Da standen sie, steif vor Schock: Nele und Helene!

Ich hatte sie erwischt, in flagranti beim Spannen. Sie standen mit offenen Mündern vor mir, damit hatten sie nicht gerechnet. Mein Penis bedrohte sie als Lanze. „Was soll das denn, bitte schön!?", startete ich die Schelte. „Ihr spannt Euch hier echt einen ab, oder?" Kylie war ruhig wie ein Igel, eine bedrohliche Stille lag in der Luft, also machte ich laut weiter: „Findet Ihr das nicht frech, uns beim Sex zu beobachten? Meint Ihr, dass Kylie und mir das gefällt? So etwas habe ich noch nie erlebt, Mädels!" Da Kylie schwieg wie ein Grab, musste sie es gewusst haben. Vielleicht war es sogar ihre Idee gewesen.

„Ich möchte wissen, was Ihr Euch dabei gedacht habt", forderte ich Nele und Helene auf. Helena fasste Mut: „Na, was soll ich sagen? Wir wollten mal kurz schielen." „Kurz schielen?!", fuhr ich hoch. „Von wegen! Schon das letzte Mal habe ich Euch an der Tür gehört, streitet das ja nicht ab!" Helene merkte, dass es keinen Sinn machte, mich für blöd zu verkaufen, und gab kleinlaut zu: „Du hast ja Recht. Sorry. Wir wollten Dich nicht verärgern, es hat sich halt so ergeben. Kylie hat Dich hergebracht und Nele und ich fanden Dich auch ziemlich sexy. Da haben wir einen Blick gewagt."

„Nur einen?", fragte ich mit Stirnrunzeln zurück. „Naja, einen langen Blick." „Du meinst, Ihr habt komplett zugesehen." „Ja", nickte Nele. „Bitte sei uns nicht böse. Uns hat gefallen, was wir gesehen haben." „Soso", grinste ich, „und deshalb habt Ihr heute wieder Mäuschen gespielt." „Ja", meinte Helene, „Du bist ein sehr attraktiver Mann ... mit schönem Schwanz ... da konnten wir nicht widerstehen." Langsam löste sich die Spannung, zum Glück. Mittlerweile lachten wir darüber und Kylie kommentierte nun mit. Ich kroch zu Kylie ins Bett und die Mädels setzten sich auf den Fußboden.

Langsam wurde mein drittes Bein wieder steif, da Kylie dezent Hand anlegte. Wir waren im Gespräch, aber Kylie legte es darauf an. Dann küsste sie mich und startete ihren Blowjob. Direkt vor den Mädels. Ich schaute Nele und Helene an, die gebannt zusahen. Da konnte ich nicht widerstehen und ließ Kylie blasen. Mein Blick wanderte immer wieder hinüber zu Nele und Helene, die sich für mich küssten, mit Zunge. Plötzlich sah ich 2 Paar wunderschöne Titten, denn Nele und Helene wollten mich zusätzlich aufgeilen. Kylie blies langsam und wollte dem sündigen Spiel Zeit und Raum geben, was ihr bestens gelang.

Die beiden Mädels blickfickten mich und kneteten sich gegenseitig ihre Titten. Dieser Anblick war zu viel: „Gleich!", stöhnte ich und ließ den Orgasmus kommen. Dieser fiel äußerst spritzig aus, da Kylie ihn den Mädels präsentieren wollte. Mit Hand und Mund bescherte sie mir mächtige Spritzer. Begleitet von einem starken Gefühl der Befriedigung, während Nele und Helene staunten. Zärtlich lutschte Kylie meinen Dong sauber und sich das Restsperma von den Lippen. Ich atmete tief durch und war glücklich „Jetzt ich", forderte Kylie ihren Spaß ein.

„Wieder vor Publikum?", fragte ich neckisch, was ein lautes „Ja" von allen Mädels nach sich zog. Na gut. Nele und Helene fanden es geil, wie ich Kylies Brüste küsste, dann über ihren Bauch tiefer wanderte bis zum Venushügel. Drumherum streichelte und küsste ich sie, ehe ich ihrer groß gewordenen Klitoris Aufmerksamkeit schenkte. Kylie liebte es, von links geleckt zu werden, dort hatte sie ihre empfindlichste Stelle. Ich züngelte wie Burt Reynolds und schaute nach oben in Kylies genussvolles Gesicht.

Dann in die großen Augen der Spannerinnen, die das, was sie sahen, geil finden mussten. Kylie wurde unruhiger, ihr erster Orgasmus nahte. Ich leckte eine Stufe intensiver, dann war es soweit: Kylie kam! Zweimal hintereinander, ehe sie ihr Becken ablegte und durchatmete. „Das war geil!", tönte die Gekommene und küsste mich saftig. Ich schaute die Beobachterinnen an: „Hat Euch die Vorstellung gefallen?" Beide grinsten frech und nickten brav. „Wie geht es jetzt weiter, Mädels?" Eine Antwort blieb aus, aber eine Reaktion nicht: Die hübsche Nele stand auf, schritt auf mich zu und küsste mich.

„Jetzt möchte ich von Dir verwöhnt werden", grinste sie und legte sich zu uns ins Bett. Doch Kylie stand nicht auf, sie blieb und kuschelte sich eng an ihre Busenfreundin. Alright, das wird ein Spektakel! Oben ohne war sie ja schon, die Nele, unten ohne folgte. Sie hatte einen getrimmten Landeplatz auf ihrem Venushügel, die Wiese war dunkelblond. Daneben ein Tattoo: „best pussy around". Ob das stimmte? Ich musste es herausfinden. Zärtlich küsste ich Neles Titten und ihren Bauch. Sie stöhnte und knutschte mit Kylie. Als ich mit meinem Mund an Neles Scham ankam, rubbelte sie fleißig an der Clit von Kylie. Helene saß neben dem Bett, beobachtete alles und hielt sich einen Vibrator an ihr durchsichtiges Höschen, das keine schwarzen Schamhaare zeigte, sondern blanko.

Neles Pussy war tatsächlich eine der besten around: Ihre Schamlippen waren lang und schmal, ihre Klitoris von Gott geformt, ihr Duft köstlich. Ich genoss es, diese Pussy zu lecken. Nach 5 Minuten spürte ich, dass ich Nele an der Kante hatte. Ich saugte intensiver, dann stöhnte sie laut in Kylies Mund. Ihre Pussy flutete durch und zuckte. Nele wollte mehr: „Weiter, leck weiter, bitte!", kreischte sie. Ich schenkte ihr 2 weitere Höhepunkte. Da lagen sie, 2 erschöpfte und befriedigte Mädels, die mich anstrahlten.

„Kannst Du mich noch mal verwöhnen?", bettelte Kylie um ein weiteres Highlight ihres Lebens, doch das erzeugte Protest bei Helene: „Und was ist mit mir? Zuerst ich! Ihr beide habt schon, ich noch nicht." Dieses Argument entsprach der Wahrheit. Es wurde von Kylie sofort akzeptiert. Grinsend zog sich Helene ihr feuchtes Höschen aus und sprang zu uns ins Bett.

Eng war es, aber geil. Sie legte sich zwischen Kylie und Nele und griff nach meinen Haaren. Mein Kopf befand sich Sekunden später zwischen ihren gemachten Brüsten. Ich bekam Luft, aber nicht viel. Ich zog ihn hoch und blickte auf das Paradies: Ich sah 3 bildschöne Frauen unter mir, alle nackt und geil auf mich. Fantastisch! Helenes Körper war kürzer als der von Kylie und Nele, aber genauso erogen. Ich küsste ihren doppelt tätowierten Bauch – „Yes" und „No" waren zu lesen – und kümmerte mich dann um Helenes komplett rasierte Muschi. Während die Mädels knutschten, Helene mal mit Kylie, dann mit Nele, stimulierte ich Helene mit meinen Tricks. Nach 10 Minuten musste Helene kommen. Sie hatte keine Chance, ihren Orgasmus hinauszuzögern, zu genau waren meine Züngeleien. Intensiv stöhnte sie ihren Orgasmus in den Raum, ganze 50 Sekunden hatte sie einen. Ob das ein zweites Mal klappt? Ja, natürlich. Ich leckte weiter und schenkte der schwarzhaarigen Göttin Orgasmus 2 und 3.

3 bildhübsche Frauen in einem Bett, das erlebt man nicht jeden Tag. Und 3 bildhübsche Frauen innerhalb von 60 Minuten mehrfach zum Orgasmus zu bringen, ist auch kein Standard. Ich hatte es wieder geschafft und Außerordentliches geleistet. Glücklich legte ich mich zwischen die Mädels und genoss den Körperkontakt von allen Seiten. Plötzlich spürte ich eine Hand an meinem Dong. Ehe ich schaue konnte, welche es war, spürte ich eine zweite. Helene und Nele waren es, die von beiden Seiten an meinen Penis griffen und ihn streichelten. In Windeseile wurden aus den halberigierten 11 cm vollsteife 15. Von links und rechts spürte ich pure Leidenschaft mich überfluten.

Nele krabbelte zwischen meine Beine. Wenige Sekunden später hatte sie Kong Dong in ihrem Mund. Kylie küsste meinen Brust- und Bauchbereich, während Helene und ich knutschten, mit Zunge. Nele ließ sich Zeit beim Blowjob, es ging darum, mich vollends zu verwöhnen. Das gelang den Ladies. Ein paar Minuten im Spiel, tauschten sie die Plätze: Nun war es Helene, die den Blowjob weiterführte, während Kylie mich mundküsste und Nele meine Füße massierte. Auch eine Combo. Helene blies nicht ganz so gut, aber erträglich.

Ihre Technik war nicht so flüssig wie die von Nele. Ich musste mich beherrschen, noch nicht zu kommen, da ich genießen wollte. Kylie durfte nun auch blasen. Die 3 merkten, dass nun der Zeitpunkt kommen musste, also konzentrierten sich alle 3 auf meinen Penis. Nele und Helene wichsten ihn, Nele mit der ganzen Hand, Helene mit Daumen-Zeigefinger-Kreis darüber. Dazu züngelten 3 Zungen an meiner Eichel. Zwischendurch 2 bis 3 tiefe oder kurze Blaser von Kylie. Als Kylie ihn wieder im Mund hatte, kam ich als Erdbeben. Ich spritzte meine Ladungen ab und alle Mädels wollten schmecken. 5 Minuten lutschten und streichelten sie alles zu Ende, bis ich am Ende war.

„Oh Mann, das war geiler Sex", staunte ich und bedankte mich bei den 3 Grazien. Offen plauderten wir über Gott und Sex. Kylie, Nele und Helene gestanden mir, dass ich nicht der erste Mann war, den sie zu dritt verführt hatten. Da gab es schon andere. „Wir sind Single und genießen unser Leben. Und wenn eine von uns einen Typen anschleppt, kann sich immer was ergeben. Manchmal ist einer wie Du dabei, da wissen wir sofort, dass es eine geile Sache werden kann." Diese Erklärung war einleuchtend. So offen sie war, so offen wurde auch ich. Ich erzählte den Mädels von meiner Sammlung an Frauen und meiner Vorliebe, Fotos oder Videos davon für den privaten Gebrauch zu erstellen.

Die 3 grinsten und meinten, das hätten sie auch schon gemacht. Helene stand auf und holte den Laptop aus ihrem Zimmer. Dann klickte sie ein paar Mal, schon begann ein Video mit dem Titel „A hot night with Sven". Ein attraktiver Mann knutschte mit Kylie, dann kamen Nele und Helene dazu. Die Lichtverhältnisse waren optimal. Sven war Anfang 20 und hatte ein Monsterteil. „Seiner war 24 cm", grinste Nele und hielt ihre Hände etwa 30 cm auseinander.

Ich sah, wie Sven eine Triple Blowjob bekam und dann eine nach der anderen Doggy fickte. Die Mädels schrien ordentlich, Svens Penis musste massiv gedrückt und ausgefüllt haben. Schließlich kam der 1,90-m-Hühne in Nele. Ein geiles Video. „Habt Ihr noch andere?", fragte ich. „Klar", nickte Kylie, schon lief Video 2 mit dem Titel „Tommy in love". Tommy hieß Thomas und war eine Affäre von Nele.

Er war 27 und hatte einen starken Oberkörper, der mit hässlichen Tattoos bedruckt war. Auf dem Video waren Nele, Kylie und Tommy zu sehen. „Ich hatte keine Lust auf Tommy, also enthielt ich mich", erklärte Helene ihre Abwesenheit. „Tommy war ein guter Lover, aber er wurde zu aufdringlich. Er hatte sich in mich verliebt und wollte eine Beziehung, ich nicht", beschrieb Nele das Drumherum. Ich sah, wie Nele und Tommy miteinander schliefen, er auf ihr, zärtliche Stöße, romantische Bewegungen seinerseits. Kylie lag neben Nele und küsste mit beiden. Dann ritt Nele auf Tommy. Sein Schwanz war so groß und dick wie meiner, also Standard.

Nele ritt genüsslich, ihre Möpse kullerten auf und ab. Kylie saß mittlerweile auf Tommys Brust und Gesicht. Er leckte ihre Muschi. Nach ein paar Minuten hatte er in Nele seinen Orgasmus. „Ich würde auch gerne Sex mit Euch filmen, wärt Ihr dabei?", fragte ich die Mädels, die nur auf diese Frage gewartet hatten. „Klar", grinste Kylie und holte eine digitale Video-Cam aus der Lade. Kylie platzierte die Cam in optimaler Position zum Bett und drückte auf Rekord. Ich war gespannt, was die 3 mit mir vorhatten. Geben ist seliger als Nehmen, also gab ich zuerst.

Ich küsste alle 3 auf all ihre jeweils 4 Lippen. Dann fickte ich die 3 Löcher. Das von Kylie war am besten, sie war eng, ihre Scheidenmuskulatur knetete meinen Dong gut durch. Neles Pussy war auch eine der besten around: Ihre Röhre hatte das gewisse Etwas, es fühlte sich himmlisch an. Helenes Pussy war Standard. Ich fickte wie Gott in Frankreich und wollte meinen Höhepunkt sichtbar haben. Also ließ ich mir einen Triple Blowjob geben. Die Mädels züngelten an meiner Eichel und bliesen abwechselnd super, sodass mein Orgasmus wie eine explodierende Bombe ausfiel.

Ich schenkte den Hobby-Nutten eine Gesichtsbesamung erster Klasse. Als es vorbei war, schauten wir uns das Video an. Es war geil! Ich bestand auf eine Kopie und zog diese auf einen USB-Stick. Noch ein paar Mal wiederholten wir in den Folgewochen das Spiel zu viert, bis ich von den Ladies abserviert wurde. Aber egal: Das nächste Abenteuer hatte mich bereits.

# Sophie

Eine interessante Frau aus der Schweiz, mit der ich einen aufregenden One Night Stand hatte. Sie war optisch Durchschnitt, aber der Sex mit ihr nicht. Der war weitaus höher anzusiedeln. Denn sie war eine Expertin für Footjobs: „A footjob is a nonpenetrative sexual practice with the feet that involves one's feet being rubbed on a partner in order to induce sexual excitement, stimulation or orgasm. Footjobs are most often performed on males, with one partner using their feet or toes to stroke or rub the other partner's genital area" –sagt Wikipedia.

Das wusste ich, aber interessiert hatte es mich nie. Die eine oder andere hatte mal mit Füßen meinen Penis berührt und damit gespielt, doch Hand und Mund waren und sind mir immer lieber. Stinkefüße will ich nicht an meiner Königsstelle haben. Sophie war ein Luder. 31, Mediaberaterin aus Zürich. Ich lernte sie ebendort kennen und eine Nacht lieben. Zuerst hatten wir beruflich miteinander zu tun, dann aßen wir zu Abend und kamen uns in meinem Hotelzimmer näher.

Sie hatte kurze, schwarze Haare und eine birnenförmige Figur mit breitem Becken. Aber ihr Akzent war süß. Normalerweise wäre sie optisch unter meinem Niveau gewesen, zu lange Nase, kein Kussmund, Wackel-Po und Speckbeine, aber die 20 kg Übergewicht konnte ich tolerieren. Einen Blowjob wollte sie mir nicht geben, dafür startete sie ihre Fußakrobatik. Ich war baff und ließ es geschehen, denn es fühlte sich toll an. Wie gelenkig sie doch war und wie viel Power sie in ihren Füßen hatte! Ich war sprachlos, bis ich kam. Hoch schoss mein Sperma, während sie genüsslich vor mir saß und ihre Beine rauf und runter bewegte und mein Penis zwischen ihren Zehen zuckte.

Sie erzählte mir, dass dies ihr Lieblingsjob sei. Ich entschied mich, sie nicht mit meinen Füßen zum Orgasmus bringen zu wollen, sondern mit meinen Händen. Indem ich ihre klitzekleine Clit so lange rubbelte, bis sie immer noch klitzeklein war, aber kam. Sie keuchte wie eine Dampfmaschine. Als wir über den Footjob sprachen, fragte ich sie, ob sie etwas dagegen hätte, wenn wir eine zweite Footjob-Session einlegen würden.

Und ich diese aufnehmen dürfte, als Erinnerung, weil ich „so etwas Geiles noch nie erlebt habe". Bereitwillig meinte sie: „Ja, ist okay." Ich zückte mein iPhone und Licht erhellte die Situation. Ich hielt drauf, als sie ihre rot lackierten Zehen ausstreckte und breitbeinig mit der Arbeit begann. Ich filmte zwischen ihre Beine und nahm die dunklen Schamhaare auf, die die Sicht auf mehr verdeckten. Wenige Frauen haben da unten noch ein volles Dreieck. Sophie liebte das Spiel mit der Kamera. Sie schaute mir tief in die Augen, dann dem iPhone. Ihre Füßchen leisteten gute Arbeit, mein Dong stand wie eine Eins. Nach 10 Minuten spürte ich meine Eier jucken, der Orgasmus kündigte sich an. Genüsslich massierte sie weiter und beendete den Footjob nach meinem spritzigen Höhepunkt. Am nächsten Morgen wollte ich nochmal filmen, sie war einverstanden. Diesmal entschied sie sich für die 69er und die Kamera wurde am Ende meiner Füße platziert, sodass man ihr Gesicht und meinen Penis sah. Ohne Fußerotik ging es zur Sache. Ich leckte ihre Schamhaare und ihren Knopf, während sie mit Händen und Mund blies.

Sie war schwer auf mir, aber irgendwie törnte mich das an, mal dominiert zu werden. Bitte kein Missverständnis: Sexy schlank ist mir am liebsten, aber Sophie war irgendwie knuddelig. Als sie immer schwerer wurde, krachte sie zum Orgasmus und brachte mich kurz darauf zu selbigem. Anstatt mit ihrem Mund, beendete sie es mit der Hand. Es war geil. Ich dankte ihr für die schöne Nacht und sah sie nie wieder.

Aber das Video schaue ich mir gerne an. Der Footjob war genial. Die 69 auch. Lustig, wie sie anfängt zu grinsen, als ich komme, so stolz schaut sie drein. Und ich stöhne halb vor Lust und halb unter ihrem Gewicht. Hätten Dolby, Anderson und Ginsberg nicht 1956 die Videokamera, die Video und Audio gleichzeitig aufnehmen kann, erfunden, wie traurig wäre heute das Leben.

# Juliette & Olga

Vorträge und Schulungen sind wichtige Teile meines Arbeitslebens. Als namhafter TV-Produzent weiß ich allerlei. Das Wissen gehört weitergegeben. Einen Workshop Freitag bis Sonntag gab ich an der Filmakademie Babelsberg. Hören waren Studentinnen und Studenten, die denselben Berufswunsch hatten, wie ich ihn verwirklicht habe. In der Klasse waren 12 junge Herren und 14 junge Damen. Schon wenige Minuten nach meinem Start fiel mir eine kleine Blondine auf, die mir süße Augen machte. Sie saß in der ersten Reihe und starrte mich lächelnd an. Ich arbeitete professionell weiter. Ihre langen, blonden Haare hatte sie zu einem sehenswerten Geflecht zusammengesteckt, was erfrischend wirkte. Ihre Augen waren groß-blau, ihre Hände klein-zart. Sie war nicht größer als 1,60 m und wog etwa 45 kg. Ein Schmetterling. In der Pause quatschte sie mich an: „Toll machen Sie das! Ich kann so viel von Ihnen lernen." Sie hatte einen kurzen Rock an, ihre Schenkel waren mädchenhaft, dünn, trotzdem sexy weiblich. Brüste hatte sie kleine, passend zu ihrer schlanken Linie. Sah gut aus, das Päckchen. Wir fachsimpelten, schnell merkte ich ihr Interesse.

Aber andere Studentinnen drängten sich dazwischen. Auch Ol-ga: Sie war größer als ich, etwa 1,86 m, sehr schlank, um die 62 kg. Ihre dunklen Haare trug sie offen, sie hingen bis zum Po, der in einer hautengen Jeans steckte. Ihre Hände waren groß, mit langen Fingern, die schwarz lackierte Nägel trugen. Ihr Mund war ein Blase-Mund vom Feinsten! Auch sie flirtete mich an. Mittags aß der Kurs in der Kantine. Lecker war´s! Und die Begleitung erst: Juliette saß rechts von mir, Olga links.

Beide fußelten mit mir. Olga legte sogar ihre Hand kurz auf meinem Oberschenkel ab. Juliette ging einen Schritt weiter: Ihre Hand landete fast in meinem Schritt. Eines war klar: Beide wollten mich! Und ich wollte beide! Weiterarbeiten. Um 17:30 war der erste Kurstag geschafft. Leider gingen Olga und Juliette als eine der ersten raus, was mich verwunderte. Normalerweise bleiben solche Frauen bis zum Schluss, um unter 4 Augen alles klar zu machen. Hatte ich mich geirrt?

Bei den klaren Anmachen unmöglich. Dafür wartete die Martha, doch die gefiel mir nicht, zu dick. Plötzlich kam Patrizia zurück, weil sie etwas „vergessen" hatte, auch die war nicht mein Fall. Zwar hatte sie einen guten Körper, aber der Rest war nicht meiner. Dann gehe ich lieber ins Bordell. Ins Hotel, unter die Dusche. Als ich fertig war, hörte ich mein iPhone piepsen. 2 WhatsApp. Eine von Andrea. Bei Nachricht 2 wurde es spannend: „Hallo Traummann, hier ist Juliette aus Deinem Workshop. Hast Du Lust auf einen gemeinsamen Abend plus mehr? Ich schon!" Und wie ich Lust hatte! Ich schrieb zurück: „Schön, dass Du mir schreibst. Ich gehe jetzt Abendessen beim Italiener in der Potsdamer Straße 33. Kannst dazukommen!" Ich kleidete mich schick und fuhr zum Restaurant, das ich durch meine Schulungen hier kannte. Ich setzte mich. 5 Minuten später sah ich durchs Fenster Juliette. Aber nicht nur sie, auch Olga war zugegen. Zuerst sprachen die beiden miteinander, dann wurde es laut. Sah ulkig aus, die Kleine gegen die Große. Was war los? Ein Catfight lag in der Luft.

Ich musste schlichten. Ich rannte raus und ging dazwischen. „Mädels, was ist in Euch gefahren?", fragte ich. Keine Antwort von links. Keine Antwort von rechts. Ich bohrte nach. Schließlich bekam ich die Lösung: Es ging um mich. Juliette war meiner Einladung gefolgt. Olga hatte mir „aufgelauert", war mir nachgefahren und wollte mir im Restaurant näher kommen, mich „zufällig" durch die Scheibe sehen und reinkommen. Die Tricks der Frauen halt. Nun stritten sich beide um den Platz an meinem Tisch. Ich löste die Situation und nahm beide rein. Am Tisch kamen alle zur Ruhe. Nachdem wir vom Wein gekostet und unsere Essen bestellt hatten, meinte ich: „Nun, Mädels, lasst uns Klartext sprechen.

Ihr beide habt mir schöne Augen gemacht. Nun wollt Ihr mehr. Richtig?" „Richtig", nickten beide. „Und ich soll mich für eine entscheiden, oder?" „Richtig", nickten sie. Ich schaute Juliette an, die mich anlächelte. Ich schaute Olga an, die mich anlächelte. „Ich kann mich zwischen Euch nicht entscheiden", gab ich bekannt. Unruhe. Beide bedrängten mich und wollten den Zuschlag. Schließlich kam mir die zündende Idee: „Ich kann mich nicht für eine entscheiden und der anderen absagen.

Das bringe ich nicht übers Herz." „Wie soll es jetzt weitergehen?", fragte Olga. „Entweder vergessen wir den Tag und das Gespräch. Oder wir regeln es so, dass wir alle was vom Kuchen bekommen." „Und wie?", fragte Juliette. Meine Option 1 wurde von Olga abgelehnt. Option 1 war: Die erste Nacht verbringe ich mit Juliette, die zweite mit Olga. Meine Option 2 wurde von Juliette abgelehnt. Option 2 war: Die erste Nacht verbringe ich mit Olga, die zweite mit Juliette. „Tja, dann gibt es nur noch Option 3", grinste ich:

„Wir verbringen die Nacht zu dritt." Olga schaute mich an, dann Juliette, dann mich. Juliette schaute Olga an, dann mich, dann Olga. Ich schaute Juliette an, dann Olga, dann Juliette, dann Olga. „Das ist die fairste Lösung", unterstrich ich. Olga nahm Juliette an der Hand, beide verschwanden nach draußen. Pleite, dachte ich, die servieren mich hier ab. Doch ich irrte mich: Juliette und Olga tauschten ihre Gedanken aus, ich konnte sie durch die Scheibe erkennen.

Sie diskutierten 5 Minuten, dann kamen sie. „So machen wir es", nickte Olga. „Einverstanden", grinste die Juliette. „Cool", seufzte ich. Da kamen unsere Pizzen: Salami, Hawaii und Chef. Lecker waren die! Ich zahlte den Scheiß und wir fuhren zu meinem Hotel. Nach meiner Toilette verschwanden Olga und Juliette im Bad. 10 Minuten dauerte es, bis sich die Tür öffnete und beide in Unterwäsche auf mich zu stolzierten. Sah ulkig aus: Die Kleine und die Lange. Die Kleine hatte weiße Unterwäsche an, einen spitzen Push-up-BH, einen dazugehörigen String mit durchsichtiger Front. Die Lange trug schwarze Sachen: BH, Slip und Strapse, geil! Ihre langen Beine sahen aus wie Stämme eines Baumes.

Ich lümmelte in meiner Boxer auf dem Bett und nahm die Hasen auf. Juliette war die erste, die mich küsste. Sie küsste sehr, sehr, sehr gut. Auch Olga konnte das. Sie küsste sich dazwischen und spielte mit ihrer Zunge an meiner. 4 Hände spürte ich an meinem Oberkörper, dann in meiner Hose. Schnell war meine Hose Vergangenheit und mein Knüppel aus dem Sack. Ich öffnete beide BHs und berührte die Tittenpaare. Beide waren klein und sportlich, aber wunderschön. Genauso mag ich sie! Ich knetete und küsste sie.

Ich blickte nach unten und sah 2 Hände an meinem Dick: Eine kleine und eine große. Die große Hand, Olgas, umgriff den unteren Teil des Schafts, die kleine Hand, Juliettes, den oberen. Von meinem Penis war nichts mehr zu sehen. Er war weg. Umhanded. Nun wollte ich alles sehen und zog beiden die Höschen aus. Juliette trug blank, Olga einen dünnen Schamhaarstrich, Brazilian style. Beim Essen hatte ich das Alter der beiden erfahren: Juliette war 24, Olga 23. Juliettes Muschi sah jünger aus, sehr jugendlich, wie 18. Olgas war weiblicher. Beide musste ich lecken! Ich legte beide Ladies vor mich und züngelte erst an Juliette herum. Die genoss.

Wir hatten Zeit, also verwöhnte ich sie nach Strich und Faden, mit Händen und Mund. Juliette stöhnte gut. Als ich aufblickte, sah ich Geiles: Die beiden küssten sich. Sie knutschten! In der Hitze des Gefechts kann sowas passieren. Da werden aus den schärfsten Rivalinnen beste Freundinnen. Kurz darauf kam Juliette zu einem kochenden Orgasmus. Diese Teenie-Fotze war mir noch einen Lick wert. Ich steigerte Intensität und Geschwindigkeit meiner Stimulis und brachte Juliette 2 weitere Male ins Paradies.

„Jetzt will ich auch", protestierte Olga und zog mich an den Haaren. Es war mir eine Ehre. Olgas Fotze war ebenso der Hammer: Nach Orange-Rose schmeckend, züngelte ich ihre fast viereckige Klitoris ins Land der zufriedenen Frauen. Während ich sie leckte, knetete Juliette meine Säcke. Olga stöhnte leidenschaftlich und kam zu 2 Orgasmen am Stück. Nun war ich an der Reihe: It´s Blowjob time! Kleiner Mund und großer Mund sowie kleine Hand und große Hand machten sich an die Arbeit.

Ich stand da wie eine römisch-griechische Statue und beide Puppen knieten mir zu Füßen. Großer Mund war besser als kleiner Mund, aber kleine Hand war besser als große Hand. Ich wurde unendlich geil befriedigt, bis ich ihn kommen spürte: Meine ersten Orgasmus! Dieser verschwand im kleinen Mund. Juliette lutschte mich leer bis auf den letzten Tropfen, den sie hinunterschluckte. Luderhaft öffnete sie ihren Mund und streckte mir ihre Zunge raus, was in Pornokreisen keine Beleidigung darstellt, sondern beweist, dass sie alles geschluckt hat. Braves Kind.

Glücklich nahm ich kurzen Körper und langen Körper in den Arm und kuschelte mit Olga und Juliette. 2 Traumfrauen! Wir sprachen über Sex und erfuhren, dass Olga keine Ahnung vom Womanizer Pro hatte. Juliette war entsetzt über diesen Wissens- und Erfahrungsmangel ihrer ehemaligen Konkurrentin, jetzt Busenfreundin, und kramte in ihrer Handtasche. Zum Vorschein kam ein Wom Pro der Reise-Edition als maskierter Lippenstift. Diese Ausführung kannte selbst ich nicht. „Darf ich?", fragte Juliette Olga. Die nickte und schaute zu, wie Juliette das Gerät an ihre Klitoris hielt und anschaltete.

Ich kenne die Wirkung des Womanizers zu gut. Andrea liebt dieses Teil. Der beschert Frauen die heftigsten Orgasmen am Band. Eine Maschine ist das. Ein Teufelskerl. Olga zitterte, als der Womanizer zu wirken begann. Sie schloss ihre Augen und genoss. Juliette saß zwischen Olgas Beinen und hatte Spaß, einer anderen Frau einen Höhepunkt abzuluxen. So wie sie es machte, war es nicht ihr erstes Mal. Olga wurde immer erregter und erlebte nach 4 Minuten ihr Kommen. Der Womanizer arbeitete auf niedriger Stufe, doch die reichte locker aus. Als Olga ausschnaufte, kannte Juliette keine Gnade und stellte die Saugstärke um eine Einheit hoch. Weiter ging´s!

Ich hatte einen Steifen und hielt ihn Olga ins Maul. Die lutschte und wichste meinen Schwanz, während sie 2 weitere Orgasmen erlebte. Ihr vierter Höhepunkt war ein Besonderer, gleichzeitig kam ich in ihr Gesicht. Olga ließ sich besamen und feierte parallel ihr High. Schweißgebadet lächelte sie uns an, küsste mich, küsste Juliette, und bedankte sich für das Erlebnis. Der Lippenstift-Womanizer war on und bereit für mehr. „Wer mag?", hielt Juliette uns das Ding vor die Nase und spreizte ihre Beine. Eine Einladung auf mehr.

Olga schnappte zu und hielt der kahlen Pussy das Ding auf den Stecknadelkopf. Juliette atmete laut. Ich kuschelte mich an sie und küsste sie. Zungenknutschend kam Juliette zu 3 Orgasmen, die sie mir in den Mund hineinstöhnte. Olga war erbarmungslos gewesen und hatte den Lippenstift auf volle Power gestellt. Juliette lag erschöpft in meinem Arm und schnaufte. Das Treiben war nicht zu Ende, denn auch Olga wollte die volle Power genießen und legte selbst Hand an.

Ich übernahm und bearbeitete ihre Clit mit dem genialsten technischen Gerät aller Zeiten. Nach 2 Orgasmen hatten alle genug und wir schliefen ein. Samstag war Unterrichtstag, dann Fickabend. Diesmal wollten mich beide Schönheiten spüren. Zuerst Olga. Sie wollte reiten. Ihre langen Beine stemmten sich vom Boden ab, umso tiefer sauste ihr Becken hinab und verwöhnte meinen Dick erstklassig. Der Fick in Olga war geil, da sie eng und saftig war. Ihr Reitrhythmus war perfekt für mich. Derweil saß Juliette über meinem Gesicht und ließ sich von mir lecken. Diese Teenie-Fotze von unten zu sehen und zu züngeln, war mega. Ein unvergessliches Erlebnis! Olga kam. Juliette kam. Ich kam. Erste Runde beendet. Nach einer Pause folgte der Juliette-Fick. Die Blonde wollte als Hund genommen werden. Ich spielte Big Dog und nagelte ihren Hintern rot. Mein Penis musste sich anstrengen, in ihre noch engere Muschi hineinzukommen. Umso geiler war der Fick, leider auch kürzer, da ich dem Druck nicht lange standhalten konnte. Olga war auch beteiligt; sie kniete hinter mir und drückte ihren Oberkörper an mich. Juliette kam. Ich kam.

Wir schliefen ein. Am nächsten Morgen bettelten die 2 Ladies um eine Abschieds-Sex-Runde, bevor es zur Arbeit ging. Zuerst leckte ich Juliette zu 2 Highlights, dann Olga zu 3. Dann sollte mein Orgasmus folgen. Ich stellte mich hin wie King George und ließ die Mädels knien. Von oben beobachtete ich das Treiben. Olgas Hand um meinen Penis sah so groß aus, ihre schwarz lackierten Fingernägel wirkten teuflisch. Mein großer Schwanz in Juliettes kleinem Mund war fast Körperverletzung. So ging es hin und her, bis ich das Ende des Tunnels kommen sah. Ich signalisierte Olga und Juliette meine Bereitschaft zu Kommen und ließ die Olga den Abschuss erzielen.

Ihre Lippen machten gute Arbeit und ich ejakulierte in ihren Mund. Aber auch Juliette wollte was abbekommen und nahm die Spritzer 5 bis 10 in sich auf. Ich dankte beiden für das geile Wochenende, und nach dem langen Unterrichtstag flog ich zurück nach München zu meiner Family.

# Anna-Christina

Als Anna-Christina in meine Firma kam, ging für mich eine zweite Sonne auf. Anna-Christina kam auf Empfehlung meines Boss-Kollegen Frank aus Mainz. Er ist genauso einer wie ich, wir kennen uns seit vielen Jahren. Er meinte: „Die musst Du nehmen. Sie ist fachlich top. Aber auch bildhübsch. Hat hier in 2 Jahren den halben Stall geritten. Ich durfte leider nicht. Aber die kann ich Dir bestens Gewissens empfehlen, sie ist echt gut in ihrer Arbeit und vor der Kamera eine Eins mit Stern.

Sie sucht einen Job im Raum München, weil sie nach Bayern zurückziehen will wegen ihrer Eltern, da habe ich Dich ins Spiel gebracht. Sie wird sich bei Dir melden." Ich war gespannt, als Anna-Christina zum Vorstellungsgespräch erschien. In der Tat: Sie war genauso hübsch wie auf dem Bewerbungsfoto. Eine sexy Blondine Ende 20 erfüllte mein Büro mit viel verruchter Schönheit. Schnell waren wir uns einig und sie startete zum 1. des Folgemonats als Writerin und Moderatorin für mich. Nicht nur mir gefiel sie: Alle Männer unter mir waren ebenso glücklich über diesen scharfen Neuzugang.

Anna-Christina fügte sich schnell ins Team ein und erledigte ihre Arbeit mehr als gut. Kam stets sexy gekleidet und verstand es, Männern den Kopf zu verdrehen. Jonas, Peter und Kilian hatte sie nach 1 Monat vernascht. Diese 3 Jungs sind gutaussehende Kerle Anfang 20. In Männerrunde lobten sie Anna-Christina als geiles Luder. Alle berichteten einstimmig von einer Wette, die Anna-Christina ihnen anbot: Sie wettete, den Kerl in unter 5 Minuten per Blowjob zum Orgasmus zu bringen. Sie gewann alle 3 Wetten.

Jonas kam schon nach 3:23 Minuten, Peter hielt 4:02 durch, bei Kilian war es schon nach 2:59 vorbei. Diese Anna-Christina musste eine wahre Blowjob-Queen sein. Ich wurde neugierig und gierig. Und beschloss, mit der Anna-Christina auf Tuchfühlung zu gehen. Eines Abends passte ich sie ab und lud sie auf einen Cocktail ein, sie freute sich und ging mit. Wir kamen immer privater ins Gespräch. Sie erzählte mir, dass sie seit 2 Jahren Single sei und ihr Leben genießen wolle.

31

Ich hakte nach: „Heißt das, Du hast wechselnde Kerle?" Anna-Christina lachte: „Kann man so sagen. Ich nehme die, auf die ich Lust habe." „Nicht schlecht, Fräulein Sprecht", zwinkerte ich und stieß mit ihr an. „Und Du? Du hast doch Frau und Kinder, habe ich gehört." „Stimmt. Ich bin verheiratet und Vater zweier Kinder", protzte ich. „Ich werde nie heiraten. Sex mit nur noch einer Person, unvorstellbar für mich. Ich brauche die Abwechslung, die Freiheit." „Ja, die brauche ich auch", nickte ich und provozierte folgende Frage: „Hä? Du bist doch verheiratet?" „Ja, bin ich, aber trotzdem schließt das eine das andere nicht aus. Du verstehst?"

Die Anna-Christina begann dreckig zu lachen: „So einer bist Du also. Betrügst Deine Frau mit heißen Ladies." „Deine Wortwahl ist nicht die schönste", tadelte ich meine Mitarbeiterin. „Ich benötige, genauso wie Du, Abwechslung im Bett. Meine Ehefrau ist der Hammer, optisch, sexuell sowie charakterlich. Aber naja, ich brauche halt mehr. Und wenn sich eine diskrete Liaison findet, warum nicht?" „Was sind das für Frauen, die Dich interessieren?" „So Hübsche wie Du", flirtete ich.

„Sie müssen sexy sein, jung, am liebsten zwischen 20 und 35, einen schönen Körper und Lust auf Sex haben, geil im Bett sein. Offen sein. Nichts Langweiliges oder denen man alles erklären muss. Es muss einfach passen." Der Flirt intensivierte sich. „Hast Du auch was mit Angestellten?" „Wenn sich was ergibt, wo beide wollen, warum nicht?" Sie grinste. Wir sprachen immer mehr über Sex. Anna-Christina war extrem offen und meinte: „Ich stehe auf wilden Sex. Hemmungslos muss er sein, dass man die Ekstase fühlen kann. Schlaffis interessieren mich nicht. Und was magst Du am liebsten?"

Auf diese Frage hatte ich gehofft. Ich spielte natürlich auf ihr Blowjob-Talent an: „Ich liebe gute Blowjobs! Das ist für mich das Paradies. Weißt Du, viele Frauen können das nicht gut, die haben keine Ahnung, wie man gescheit bläst. Aber die, die es richtig geil können, das ist der absolute Hammer!" „Da bist Du bei mir genau richtig", protzte Anna-Christina ungeniert, „ich bin eine Blowjob-Queen." „Wie meinst Du das?", fragte ich sinnlos. „Na, das kann ich extrem gut. Ich schaffe es, jeden Mann in unter 5 Minuten zum Höhepunkt zu blasen."

„Das glaube ich nicht, dass das geht", schüttelte ich den Kopf. „Jeder Mann ist anders. Der eine ist schnell erregt, beim anderen dauert es eine Weile. Das kann man pauschal nicht sagen." „Doch, ich kann", lächelte sie und lutschte erotisch die Kirsche des Cocktails ab. „Mag sein, dass das bei dem einen oder anderen klappt, auch mich haben schon viele Frauen in weniger als 5 Minuten zum Höhepunkt geblasen, aber viele andere benötigten deutlich länger. Andere waren so schlecht, die schafften es überhaupt nicht. Das habe ich dann abgebrochen. Mag sein, dass Du das sehr gut kannst, aber eine Garantie gibt es nicht."

„Wir können wetten." Aha, jetzt wurde es ernst. „Um was?", stellte ich mich dumm. „Dass ich Dich in weniger als 5 Minuten zum Höhepunkt blasen kann." Wie bitte? Das hatte sie in der Tat gerade gesagt. „3 Deiner Jungs haben das schon erlebt. Du kannst sie fragen." Wahnsinn, wie offen die Nutte war. „Echt? Du hattest schon mit 3 Jungs aus meinem Team was?"

„Ja. Kilian war echt gut im Bett, bei Jonas und Peter blieb es bei einer Nacht. Und alle habe ich in weniger als 5 Minuten mit dem Mund erlöst." „Schaust Du dabei immer auf die Uhr?", rümpfte ich die Nase. „Nein, beim Ficken nicht, beim Blowjob schon, weil das eine Bestätigung für mich ist, wie gut ich bin. Muss ja in Form bleiben." Anna-Christina lachte laut. Ich schaute tief in ihre braunen Kullerdinger. „Ich wette, dass Du es nicht schaffst, mich in weniger als 5 Minuten oral zum Abschuss zu bringen. Ich bin mental stark und sicher, dass ich dagegenhalten kann." „Dass Du mich ja nicht unterschätzt", kicherte sie, „ich habe nämlich meine Tricks, wie ich den Männern den Kopf wasche. Da hilft Dir Deine ganze Psychopower nichts mehr."

„Trotzdem wette ich, dass Du es bei mir nicht schaffst." „Wette gilt", reichte sie mir ihre Hand. Ich schlug ein. „Um was wollen wir wetten?", fragte ich. „Ums Recht." „Ach was", unterbrach ich sie, „wenn ich wette, dann muss auch der Einsatz passen. Ein zusätzlicher Reiz muss da sein." „An was hast Du gedacht?" „Weiß noch nicht", überlegte ich. „Pass auf", überfuhr sie meine Gedanken, „wenn ich es schaffe, Dich in unter 5 Minuten mit dem Mund zum Abspritzen zu bringen, bekomme ich eine Gehaltserhöhung." „Nein, nicht machbar.

Du bist in Probezeit", beruhigte ich sie. „Aber ich kann Dir eine Einmalzahlung von 150 Euro draufpacken. Als Bonus für Überstunden. So kann ich es deklarieren." „Ja, klingt gut", lächelte AC. „Dann bliebe nur noch zu klären, was Du Dir vorstellst." „Solltest Du es nicht schaffen, mich in 5 Minuten zu beenden, darf ich diesen Blowjob filmen." „Wie willst Du das im Nachhinein tun?", runzelte sie die Stirn. „Indem ich von Anfang an aufnehme. Gewinnst Du die Wette, lösche ich die Aufnahme vor Deinen Augen. Ja, so fair bin ich.

Gewinne ich, beendest Du Deinen Blowjob sauber auch nach den 5 Minuten und ich darf die Aufnahme behalten." „Eigentlich habe ich nichts gegen gefilmten Sex, von mir existieren einige Aufnahmen, aber dass der Chef einen Mitschnitt von mir hat, hm, weiß nicht." „Ist doch nicht sicher. Wenn Du gewinnst, wovon Du ja ausgehst, habe ich keine Aufnahme." „Stimmt. Ist doch auch egal. Selbst wenn, wir sind Profis und wissen uns zu respektieren, oder?" „Natürlich. Ich kann Sex und Liebe trennen. Ebenso Sex und Job." „Gut, dann bin ich dabei. Die Wette gilt." Ich jubelte innerlich. „Wann und wo?"

„Bei mir zu Hause", lud mich meine hübsche Mitarbeiterin ein. „Dort fühle ich mich am wohlsten und dort werde ich es Dir zeigen." Hin und wieder, wenn viel in der Firma zu tun ist, schlafe ich dort. Dafür habe ich ein kleines Zimmer für mich eingerichtet. Andrea kennt meinen Job und weiß, dass es auch mal spät wird. Sie hat dafür Verständnis. So einen Abend gaukelte ich ihr vor, um die Zeit ungestört zu sein. Wie ein Schuljunge freute ich mich auf den Abend mit AC. Sie war um 16 Uhr mit der Arbeit fertig und fuhr nach Hause.

Verabschiedete sich mit den Worten „Bis später, Chef, dann zeig ich's Dir", grinste und schwang ihre Hüften. 18 Uhr war auch ich fertig. Ich machte mich frisch – neues Hemd, frisches Deo und edles Parfüm, Gel in die Haare, Schuhe poliert – dann fuhr ich in meinem BMW zu ihr nach M-Giesing. Anna-Christina öffnete. Ich kam schon fast, so geil sah sie aus. Auch sie hatte sich schick gemacht, trug verruchte Schminke, hautenge Fetzen, High Heels und eine Dekolleté, das sehr einladend war. Puh. Ich trat ein und spielte Gentleman. Auf dem Sofa saß sie mir gegenüber auf einem Sessel.

Dann wurde Sharon Stone gedoubelt. Lasziv und mit voller Absicht fixierte sie mich mitten im Smalltalk und öffnete ihre Beine. Ihr kurzer Rock offenbarte mir eine Sicht auf ihren Schatz. Ich sah einen blonden Schamhaarstrich funkeln. Dann schlug sie das andere Bein langsam drüber, Sharon hat es kaum besser gemacht. Doch dies hier war live! Frisch und jung. 28 Lenze schön. Schon einige Frauen präsentierten mir diese Szene aus „Basic Instinct", immer war es geil. Aber Anna-Christina schoss den Vogel ab, ja, sie machte es am allerbesten. Ich spürte meinen Schwanz drücken. Dann schlug sie das Bein zurück. Und erneut hatte ich freie Sicht auf ihre volle Schönheit.

Ich griff zum Bier, das ich in der Hand hielt. Das dürfte ein anstrengender Abend werden. Diese Szene läutete das Sex-Spiel ein. „Bist Du bereit?", hauchte sie. „Mehr als das", stöhnte ich. „Gut, leg Dich aufs Bett." Wir gingen in ihr Schlafzimmer, das einem Bordellzimmer glich: Spiegel an der Decke, an den Seiten, alles pink-rot eingerichtet, ein lebensgroßes Domina-X an der Wand mit Peitsche und Handschellen. Anna-Christina ließ Musik ertönen, dimmte ab und starrte mich geil an. Ich zog mich aus, platzierte mein iPhone in Filmposition und legte mich nackt auf ihr Bett. Mit dem Dong nach oben.

Steif war er schon wie ein Hammer. Dann startete Anna-Christina ihre Show: Sinnlich strippte sie für mich. Legte nach und nach die wenigen Kleidungsstücke ab, die sie anhatte. Bis sie komplett nude war. Meine Angestellte hatte einen bildschönen Traumkörper: Ihre 1,72 m waren perfekt verteilt, ihre langen, blonden Haare noch schöner als die von Pam Anderson im Jahr 1990. Ihre dunkelblonden Augenbrauen top getrimmt, ihre Stubsnase so süß, ihre Lippen rot und köstlich. Ihre Brüste genau richtig für eine Frau ihrer Statur. 2 wilde Tattoos zierten ihre Hüfte, 2 weitere ihren astreinen Rücken.

Diese Frau war der Wahnsinn! Ich musste mich bemühen, noch nicht zu kommen, obgleich sie mich noch nicht einmal berührt hatte. Dann umgarnte sie mich. Kam zu mir aufs Bett, schnupperte an mir und küsste meine Brust runter bis zum Bauch. Sie umkroch mich. Körper an Körper. Eng und dicht. Mein Penis zuckte und wollte berührt werden, doch die Blondine zog ihr brutal antörnendes Vorspiel weiter in die Länge.

Mir war schwindelig vor so viel Reizüberflutung, noch nie hatte mich eine Frau derart geil gemacht. Über 20 Minuten ließ sie mich mit einem steifen Vollsteifen geifern, bis sie zwischen meine Beine gerobbt kam und mir in die Augen blickte: „Ich schaffe es ganz sicher, Dich in unter 5 Minuten zum Kommen zu bringen. Ich sehe, wie Du schon kochst. Das wird ein Leichtes." Mit diesen Worten schnappte sie sich ihr Handy, das auf dem Nachttisch lag, und aktivierte den Timer. Und ab ging die Sause. Anna-Christina startete mit ihrem Super-Blowjob. Schon nach 1 Minute musste ich mich zusammenreißen, da sie unfassbar intensiv blies, zum anderen war ich schon derart erregt, dass ich auf 180 stand.

Sweet Anna-Christina hielt innigsten Blickkontakt mit mir, das törnte mich noch mehr an. Nach 2 Minuten begann ich zu meditieren: „Oh lieber Gott, schenke mir Ruhe, Gelassenheit und Durchhaltevermögen, dass ich das überstehe." Bei 3 Minuten tat es schon weh. Es war, als ob man den Wasserkocher auf Höchststufe gestellt hat und dieser explodieren wollte, ja, musste. Nun war ich der hilflose Wasserkocher. Meine letzten Versuche, mich auf 5 Minuten zu retten, schlugen fehl. Ich ergab mich. Und kam. Als ich meine erste Ladung in Anna-Christinas Mund abschoss, drückte sie den Timer.

Wo dieser stand, interessierte mich in diesem Moment einen Scheißdreck; stattdessen genoss ich den erlösenden Moment. Meine Untergebene saugte mich leer, danach streichelte sie ihn aus, zeigte mir ihren leeren Mund und strahlte: „Siehst Du, ich habe gewonnen!" Sie hielt mir ihr Handy vor die Nase. Es war bei 3:56 Minuten stehen geblieben. Sie hatte es geschafft, dieses Luder. Hut ab, Hut ab.

„Brutal, wie gut Du blasen kannst", keuchte ich, „ich hatte keine Chance, länger auszuhalten." „Ich weiß", grinste der süße Schamhaarstrich und küsste mich auf den Mund. „Du hast verloren, also gibt es kein Video", hielt sie fest. „Ja, leider, verdammt", motzte ich und holte mein iPhone. Sie nahm es mir aus der Hand, stoppte die Aufnahme und löschte sie direkt. Dann klickte sie meinen Papierkorb an und löschte es auch von dort. Drecks-Luder! „Ich will eine Revanche", war das erste, das ich wieder herausbrachte. Anna-Christina lachte laut:

„Das wollen sie alle. Aber dann verlieren sie alle wieder. Meinetwegen gerne. Aber bei Dir nur gegen eine weitere Bonuszahlung von 150 Euro, wenn ich gewinne." „Okay, ist ja ehrlich verdientes Geld. Aber sollte ich länger als 5 Minuten schaffen, gehört die neue Aufnahme mir." „So soll es sein." Ich wollte sie überreden, gleich Runde 2 zu starten, aber so blöd war sie nicht: „Das machen wir später oder morgen, wenn Du wieder richtig kannst. Jetzt bist Du ja ausgelutscht. Hahaha." Recht hatte sie. Es sollte ja auch fair sein.

„Ich habe auch eine Wette für Dich parat", fiel mir ein. „Ach ja, welche?" „Ich wette, dass ich Dich in weniger als 5 Minuten zum Höhepunkt lecken kann." „Wie bitte?", lachte Anna-Christina weiter. „Ich wette, dass ich Dich in weniger als 5 Minuten zum Höhepunkt lecken kann." „Schaust Du dabei immer auf die Uhr?", rümpfte sie die Nase. „Nein, beim Ficken nicht, aber beim Lecken schon, weil es eine Bestätigung für mich ist, wie gut ich bin. Muss ja in Form bleiben." Sie lachte laut. Und schaute mir tief in meine männlich-attraktiven Kullerdinger. „Ich wette, dass Du es nicht schaffst. Ich bin mental stark und sicher, ich kann gut dagegenhalten." „Dass Du mich nicht unterschätzt", kicherte ich, „ich habe meine Tricks, wie ich Frauen den Kopf wasche. Da hilft Dir Deine ganze Psychopower nichts."

„Das glaube ich Dir, dass Du alle Tricks kennst, aber trotzdem wette ich, dass Du es bei mir nicht schaffst." „Okay, Wette gilt", reichte ich ihr meine Hand. Sie schlug ein. „Um was wollen wir wetten?", fragte ich. „An was hast Du gedacht?" „Wenn ich es schaffe, Dich in unter 5 Minuten mit dem Mund zum Orgasmus zu züngeln, darf ich filmen, wie Du die Sharon Stone nochmal machst."

„Okay. Aber solltest Du es nicht schaffen, mich in 5 Minuten zu knacken, bekomme ich 1 Tag frei." „Das ist fair", willigte ich ein. „Dann leg Dich hin. Die Zeit beginnt, wenn meine Zauberzunge Deinen Kitzler berührt." „Hihihi", grinste sie und rieb sich die Hände: „1 Urlaubstag mehr, wie geil ist das!" Der werde ich's zeigen, dachte ich, und bereitete mein exklusives und hundertfach bewährtes Verwöhn-Programm vor. Zuerst küsste ich die Süße auf den Mund. Mit Lippen und Zunge.

Sie machte bereitwillig mit. Dann legte ich mich auf sie und sie durfte meinen schönen Körper von oben bis unten spüren. Nähe, Vertrauen, Sinnlichkeit, Wärme, Stärke, Zärtlichkeit, Romantik, Geborgenheit. All das, was Frauen brauchen, um sich fallen zu lassen, gab ich ihr. Dann streichelte und küsste ich ihren ganzen Körper. Langsam und bewusst. Und spürte, wie Anna-Christina immer erregter wurde. Genau das war mein Ziel. Auf die Vorarbeit kam es an. 15 Minuten später ging ich ran. Während meine Zunge zum ersten Mal ihre Clit berührte, drückte ich aufs Knöpfchen und ließ den Timer starten. Ich wollte unbedingt diese Wette gewinnen, also setzte ich meine beste Technik, die Katja-Technik, ein. Anna-Christina war heftigst erregt und stöhnte. Ich intensivierte mein Gelecke, Gezüngle und Gesauge. Dann bebte sie erbarmungslos zum Orgasmus. Ich stoppte den Timer und leckte weiter. Sie sollte richtig genießen. Ich blickte und strahlte: 3:13. Was bin ich doch für ein Held! Alle lag sie da und hielt sich den Kopf.

Schenke ich ihr noch einen, dachte ich mir und züngelte im heißen Ofen weiter, bis sie kurz darauf erneut krampfte. Ich hatte einen zweiten Timer hierfür, dieser zeigte 1:42 an. Somit hatte ich Anna-C. in den vorgegeben 5 Minuten nicht nur zu 1, sondern zu 2 Orgasmen gebracht. „Ich habe verloren, oder?", keuchte sie. „Ja, doppelt, sieh mal." Sie konnte es nicht fassen. „Noch nie hat mich ein Mann nach gerade 3:13 Minuten zum Orgasmus geleckt. Und dann noch einer hinterher. Brutal. Du hast es drauf."

„Dann bestehe ich mal auf meinen Wettgewinn, Süße", lächelte ich sie an. „Bekommst Du, aber lass mich erst mal ausschnaufen." Nach kuscheligen 50 Minuten einigten wir uns wie folgt: Ich durfte Sharon Stone filmen, und sie nutzte das Moment meiner damit verbundenen Geilheit, um die Blowjob-Wette Nr. 2 zu starten. Damit war ich einverstanden.

Ich filmte, wie sie Sharon imitierte. Es machte mich so geil. Mehrmals tat sie es. Dann zog sie sich aus. Ich filmte weiter. Schließlich kniete sie zwischen meinen Beinen und startete den Blowjob. Ich ließ von der Nachttischkante automatisch weiterfilmen. So sehr ich mich zusammennahm, schaffte die Queen es erneut, mich in unter 5 Minuten zum Samenerguss zu blasen.

Diesmal waren es 4:42 Minuten, die ich durchhielt. Aber sie war einfach zu gut, diese Anna-Christina. Sie hatte mit die besten Blowjobs, die ich je bekam. „Verdammt", stöhnte ich, „wieder nichts. Ich meine, das war absolut geil, was und wie Du es getan hast, aber ich stehe wieder mit leeren Händen da. Das wurmt mich ungemein, das alles an Aufnahme wieder hergeben zu müssen." „Schon gut", überraschte sie mich, „Du darfst es behalten. Als Danke für die geilen Orgasmen, die Du mir gemacht hast." Ich jubelte und küsste meine Angestellte.

Anstatt in meinem Office zu übernachten, übernachtete ich bei ihr. Am nächsten Morgen fickten wir. Anna-Christina konnte das ebenfalls sehr gut. Wir testeten sämtliche Stellungen, bis ich von hinten als Löffel in ihr kam. Dann fuhren wir in die Firma, getrennt. Getrennt waren wir aber noch lange nicht, da Anna-Christina zu meiner Affäre wurde.

Regelmäßig fickten wir und hatten sexuellen Spaß zusammen. Natürlich ohne dass meine Frau Andrea etwas davon wusste. Treu war mir Anna-Christina aber auch nicht, sie sammelte weiter Typen ab und hatte alle paar Wochen den nächsten in der Kiste. Und sie verriet mir allerlei über meine Angestellten: Wer den Längsten hatte, wer wie fickte, wie lange sie beim Blowjob durchhielten. P.S.: Sie hat alle ihre Wetten gewonnen.

Als AC meine Firma verließ, verließ sie auch mich. Was mir geblieben ist, sind ihr heißes Sharon-Stone-Video sowie die Aufzeichnung ihres Hammer-Blowjobs.

# Nina

Nina war die perfekte MILF. 23 Jahre hübsch, arbeitet sie bis heute bei in der Buchhaltung. Ich lernte sie kennen, als sie 19 war. Ich gab ihr ihren ersten Job. Mit 21 wurde sie schwanger und heiratete Dominic, einen damals 36-jährigen Ferrari-Verkäufer. 9 Monate später war Anton da. Nach einjähriger Babypause war sie zurück bei mir. Nina gefiel mir von Anfang an gut. Sie sah aus wie Nina Bott in ihrer frühen GZSZ-Zeit: Lang, groß, blond, schlank, sexy! Ein wunderschönes Lächeln strahlte mich an. Sie machte ihre Arbeit gut.

Ich lobte sie oft und erhöhte nach 1 Jahr ihr dünnes Gehalt. Aber mehr als Flirten traute ich mich nicht, zumal sie stets von Dominic berichtete und er sie zum Vorstellungsgespräch begleitet hatte. Er war ein attraktiver, aber doch irgendwie gewaltiger Mann. Ich hatte Respekt. Als Nina schwanger wurde, musste ich adäquaten Ersatz suchen. Fand ich. Als Nina zurückkam, sah sie genauso schön aus wie davor. Reste des Babybauches waren nicht erkennbar unter ihrer körperbetonten Kleidung. Doch das Baby hatte ihre Beziehung verändert. Nina litt an einer Wochenbett-Depression – irgendwas hatte sich hormonell verändert. Sie lachte nicht mehr so häufig wie früher.

Zum Glück erledigte sie ihre Arbeit nach wie vor zuverlässig. Eine Tages bekam ich mit, dass sie privaten Stress mit Dominic hatte. Es gab Beziehungsprobleme. Ich erfuhr Gerüchte, dass Dominic sie ein paar Mal betrogen hatte. Das kränkte sie wohl sehr. Armes Ding. Als wir Jahresabschluss hatten und spät noch zusammensaßen, sprach ich Nina an: „Du, in letzter Zeit fällt mir auf, dass Du nicht mehr so glücklich und oft in Dich gekehrt bist. Ist alles in Ordnung?"

Nina schluckte tief, blickte mir in die Augen und ließ ihr Gefühlschaos zu: „Gar nichts ist mehr gut. Meine Beziehung mit Dominic liegt in Scherben, dieses Schwein hat mich mit ein paar Playgirls betrogen, während ich schwanger war, und später, als ich an der Depression litt. Der ist nur auf sein Vergnügen aus." Ich reichte ihr eine Packung Taschentücher. Kondome wären mir lieber gewesen, aber das musste warten.

„Nach der Heirat hat sich Dominic verändert. Ich habe zwar ein sorgenfreies Leben, wohne in einem Haus mit Pool und allem Schnickschnack, aber komme mir wie im goldenen Käfig vor. Anton interessiert ihn kaum, lieber geht er auf Partys und ich soll mich ums Kind kümmern." „Sauerei", konterte ich. „Im Bett läuft noch kaum was, ich habe keine Lust mehr auf ihn. Er ist einer von der harten Sorte. Am Anfang fand ich das männlich, er macht ja Bodybuilding, aber mittlerweile ist er mir viel zu grob, fast schon gewalttätig. Man kann fast von Vergewaltigung sprechen."

Ich nahm die kleine Große in den Arm und drückte sie. „Tut mir Leid, Nina", gab ich zurück und bot ihr meine Hilfe an, diesen Umstand der Polizei zu melden, aber das wollte sie nicht. „Eine Trennung ist keine Option für mich. Aber mir täte ein wenig Lebenslust gut", summte sie. „Weißt Du was?", kam mir die Idee. „Ich muss nächste Woche nach Stockholm für diese neue schwedische TV-Serie. Wenn Du magst, nehme ich Dich als meine Assistentin mit. Dann hättest Du Abstand vom Schlamassel und neue Impulse, Ideen, Eindrücke und Erlebnisse. Das Hotel ist ein sehr gutes, es hat Swimmingpool, Sauna, Massage, bestes Essen.

Nina, ich kann Dich problemlos mitnehmen, wenn Du möchtest. Du würdest als meine Assistentin mitreisen." „Ist das Dein Ernst? Würdest Du das echt für mich tun?" Schaute sie mich mit großen Augen an. „Ich stehe zu meinem Wort." „Dann muss ich nur noch schauen, wie ich das mit Anton regle, aber Dominic wird da sicher eine Tagesmutter organisieren." Neuer Lebensmut strömte über Ninas Gesicht und sie umarmte mich. „Danke." „Gerne." Am nächsten Tag überbrachte mir Nina die Kunde, dass Anton „save" sei und sie mit mir reisen würde.

Ich buchte ein zweites Zimmer und freute mich auf einen vielversprechenden Trip. Als legendary Womanizer spielte ich Kopf-Kino: Hübsche Mitarbeiterin, unglücklich in Beziehung, Depression hinter sich, auf Suche nach neuer Lebenslust. Die Chancen standen gut für mich, so meine Einschätzung. Endlich war der Tag der Reise gekommen. Nina und ich trafen uns am Airport München und flogen nach Stockholm. Trübsal blasen war ab sofort verboten, etwas anderes blasen erlaubt.

Wir checkten ein ins Ritz mitten im Zentrum. Nina und ich hatten je ein Einzelzimmer, mit optionaler Verbindungstür. Nina kippte vor Freude um, als sie ihr Zimmer begutachtete. Doch viel Zeit blieb nicht. In der Lobby trafen wir uns mit Stefan, dem Projektmanager, um die Abläufe der Tage abzusprechen. Als wir fertig waren und Stefan weg, war es bereits 18:30 Uhr und wir hatten Hunger. Das Hotel-Restaurant missfiel uns, also entschieden wir uns für einen Inder in der Nähe. Obgleich der Tag lang und anstrengend war, sah meine Nina immer noch entzückend aus.

Ihre Jeans setzte ihren trainierten Hintern in Szene, ihre Bluse war sexy, ihre Jeansjacke frech. Sie hatte dezentes, aber effektives Make-up. Ich erzählte ihr beim Essen offen über meine sehr guten Familienverhältnisse und meine glückliche Ehe mit Andrea. Als sie mich fragte, was das Geheimnis unserer Liebe sei, meinte ich: „Jeder hat seine Freiheiten." „Wie meinst Du das?", bohrte sie nach. „So wie ich es sage." „Führt Ihr eine offene Beziehung?" „Naja, mehr oder weniger. Ich mehr, sie weniger. Jeder, wie er es braucht, um glücklich zu sein."

Die folgende Diskussion war spannend, denn Nina versuchte zu begreifen, anstatt zu verurteilen. „Weißt Du, eine offene Kommunikation miteinander ist der Schlüssel zum Glück", lehrte ich sie. „Ich verfüge über einen starken Sexualtrieb und war schon immer jemand, der dem weiblichen Geschlecht gegenüber sehr angetan ist. Ich brauche Abwechslung im Bett, das ist mein Lebenselixier. Meiner Frau habe ich von Anfang an die Karten auf den Tisch gelegt und auch ihr alle Freiheiten zugesprochen. Sie braucht diese nicht, sie ist so glücklich. Sie hat nichts dagegen, wenn ich die eine oder andere Bettgeschichte habe, solange ich Liebe und Sex trenne.

Ich darf mich halt nicht verlieben in eine andere. Aber das ist mir noch nicht passiert, also alles paletti." Nina staunte. „Und das funktioniert?" „Bei uns ja. Ist natürlich keine Garantie für alle Paare, aber für uns ist es der Weg. Sie ist glücklich, ich bin glücklich. Passt." Nina stellte mir detailliert die Fremdgeh-Akte ihres Mannes vor. Nicht schlecht, Herr Specht. 6 Fehltritte konnte sie ihm nachweisen. Ich bin sicher, dass es einige mehr waren, wovon sie nichts wusste.

„Und was für Frauen sind das, mit denen Du ins Bett gehst?",
fragte sie nach dem dritten Glas Wein. „Hübsche, ganz Hüb-
sche", antworte ich und stieß an. „Hast Du auch was mit Ange-
stellten in unserer Firma gehabt?" Ich schaute ihr in die Augen.
Das war Antwort genug. Sie kicherte. „Lädst Du alle, mit denen
Du Sex willst, ein, Dich als Assistentin zu begleiten?" Erwischt.
Nina hatte mich durchschaut. Ich gab mich cool: „Hey, ich habe
Dir diesen Gefallen getan. Dir ging es nicht gut. Ich wollte Dir
Abwechslung schenken, sodass Du deinen Kopf freibekommen
kannst. Von all dem Ärger, den Du aktuell hast.

Sei bitte nicht undankbar." „Sorry", schämte sie sich
und nuckelte am roten Vino. Dann fuhr sie sich durchs Haar und
stellte mir eine wichtige Frage: „Wäre ich denn Dein Typ Frau
für so etwas?" „Für was?", machte ich die Sache spannender.
„Für so ein außereheliches Abenteuer, einen One Night Stand."
Ich musterte sie von oben bis unten: „Naja, jetzt, wo Du mich
auf die Idee bringst … ja, könnte ich mir vorstellen. Du bist eine sehr reizvolle Frau." „Danke", grinste Nina und legte ihren
Arm über meine Schulter. „Danke für das Kompliment, tut gut."
Ich nickte, reagierte aber nicht weiter auf ihre Anmache.

Manchmal liebe ich es, Frauen zappeln zu lassen, wenn
ich sie bereits am Haken habe. Und diese Nina hatte ich sowas
von am Haken! Wir aßen noch leckeres Safran-Mango-Eis zum
Nachtisch, ich zahlte und begleitete sie auf ihr Zimmer. Dort
küsste ich sie auf die Wange und ließ sie mit einem „Gute
Nacht, Nina" stehen. Ich musste nicht einmal 5 Minuten warten,
ehe es an der Durchgangstür klopfte. Darauf hatte ich gewartet.

Oben ohne lag ich auf dem Bett und hatte den Laptop
im Schoss. „Ich bin´s, Nina", rief sie. „Darf ich reinkommen?"
„Einen Moment", rief ich zurück, „ich bin nackt. Warte, ich
zieh mir schnell die Hose an." 20 Sekunden später: „Okay, Du
kannst kommen." Schnell öffnete sie das Schloss der Verbindungstür und fand mich halbnackt auf dem Bett. Sie hatte den
Hotel-Bademantel an. „Du", startete sie die Konversation und
setzte sich zu mir aufs Bett, „ich habe während des Essens und
bis jetzt über unser Gespräch nachgedacht. Über Sex und so. Also, wenn Du Lust auf mich hast, gehöre ich heute Nacht Dir."
Hatte ich doch richtig gelegen, wie immer!

„Bist Du Dir sicher, dass Du das möchtest?", fragte ich sie. „Ich möchte nicht lange darüber reden oder nachdenken. Wenn Du mich willst, gehöre ich jetzt Dir." Das war Aufforderung genug. Diese MILF musste ich haben. Jetzt und sofort! Mit meinem Zeigefinger zog ich sie magisch zu mir, bis sie in Greifweite war. Ich griff nach ihrem Mantel und öffnete ihn: Zum Vorschein kam ein wunderschöner Frauenkörper. Remember die Pics von Nina Botts erstem Playboy-Shooting? Genauso sah diese Nina aus. Straffe Brüste und schöne, teilrasierte, braune Schamhaare lächelten mich an.

Ich küsste meine hübsche Buchhalterin und roch ihre Minz-Zahnpasta. Braves Ding. Ich liebe es, wenn Frauen vor dem Sex ihre Zähne putzen, um frisch für mich zu sein. Dann macht mir Küssen doppelt so viel Spaß. Nina wurde immer geiler, schon waren ihre Hände mit meiner Brust beschäftigt und strichen über meine Beulenhose. Ich kraulte Ninas blonde, mittellange Haare und lag kurz darauf auf ihr. Dann sie auf mir. Ausgehungert war die Süße wie eine Tigerin. Ihre Titten fühlten sich genauso geil an, wie sie aussahen. Und ihre Muschi erst: Saftig! Meine Finger waren nass, als sie nur die Schamlippen hoch und runter fuhren. In der Gletscherhöhle war es noch flutschiger. Nun musste meine Hose dran glauben.

Kurz darauf lag ich nackt da. Meine eleganten 15 cm standen aufrecht wie der Eifelturm. Nina vergeudete keine Sekunde und hatte ihn schon in der Hand. Ihre langen Finger griffen entschieden zu und kneteten ihn gut. Dass sie verdammt gut blasen konnte, bewies sie. Schon war ihr Blowjob an der Reihe. Ich ließ mich geil bedienen und genoss. Eigentlich wollte ich mit ihr schlafen, aber Nina blies so gut, dass ich ihr zuerst eine edle Mundbesamung schenken wollte.

Sehr lasziv räkelte sie sich vor mir, während sie mit ihrer rechten Hand zur Mundarbeit mitwichste. Nach 6 Minuten wusste ich, dass alles einmal ein Ende nimmt. Ich spürte meinen Orgasmus antanzen. Mit Siebenmeilenstiefeln näherte er sich und war da, bevor ich Nina informieren konnte. Kräftig schoss ich ihr mein königliches Sperma in den Mund. Lecker Sperma! Nina ließ sich von meiner Überraschung nicht beeindrucken und blies geil weiter, bis sie nur noch erschlaffte 9 cm hielt.

Mein ganzes Sperma –aufgesogen, geschluckt, verdaut. Grinsend kuschelte sie sich auf meine trainierte Brust. Wir atmeten tief. Für diese Glanzleistung musste ich sie belohnen. Schwupps, drehte ich sie auf den Rücken und muffdivte. Ich streichelte, leckte, rubbelte und saugte sie da unten so geil, dass sie 3 Orgasmen innerhalb von 10 Minuten ablieferte. Ihre Höhepunkte waren zügellos, kräftig und hemmungslos. „War das schön", säuselte sie. „So etwas habe ich in dieser Intensität Jahre lang nicht erlebt. Danke!" „Gerne, meine Süße", küsste ich sie und streichelte ihren niedlichen Kopf.

So lagen wir da, ehe sie mehr wollte: „Ich würde jetzt gern mit Dir schlafen. Ist das okay für Dich? Hast Du auch Lust darauf?" „Klar", hechelte ich und holte aus der Schublade ein hauchdünnes, Kondom hervor. Die Küsse leiteten den Fick ein. Mein P Diddy war wieder steif und bereit, diese schöne Fotze zu fotzen. Nina wollte reiten. Es war, wie sich herausstellte, ihre Lieblingsposition. Glitschig steckte sie sich meine Rakete rein und begann den Ritt. Sinnlich tat sie es. Die Luft mit Dominic war längst draußen, aber bei mir war sie heißer als Madonna.

Schnell ritt die 23-Jährige. Sehr schnell. Ich staunte, wieviel Power Nina in Beinen und Becken hatte. Sie kam. Einmal. Zweimal. Aber sie ritt gnadenlos weiter. What a wife! Nun wollte mein Ernie kommen. Er musste kommen. Zu gut war Ninas Ritt, ich hätte keine Sekunde länger durchgehalten. Ein letzter Blick in ihre Augen und auf ihre Brüste, dann orgasmierte ich ins Gummi. Erst als ich fertig war und mich ergab, verlangsamte sie ihren Ritt und blieb stehen. Erschöpft schliefen wir ein. Nach glücklichen Träumen ging es am nächsten Morgen zum Frühstück, dann zur Arbeit. Nina strahlte wie eine Sonne.

Aus einer so traurigen Frau war eine glückliche geworden. Nina blickvögelte mich den ganzen Tag und konnte den Abend kaum erwarten. Me too, doch die Arbeit ging vor. Ich klärte mit dem Stockholmer Boss Gerrson alle Details und projektworkte mir mit seinem Team den Arsch ab. Nina hatte nicht viel zu tun, eigentlich gesagt nichts. Trotzdem saß sie hübsch an meiner Seite und tat ihr Bestes, um irgendwie mitzuarbeiten. Endlich Abend! Endlich war die Arbeit des Tages geschafft und mein Magen knurrte wie Sau.

Gemeinsam mit schwedischen Kollegen gingen wir schwedisch essen. Das schmeckte besser als das Fast Food beim IKEA. Der Abend wurde fröhlich. Wir tranken ein paar Gläser zu viel und Nina war beschwipst. 22:30 Uhr schleuste ich uns aus dem Restaurant und per Taxi ins Hotel. Dort fiel ich über sie her. Nina war rattig geil und ließ alles mit sich machen, sogar Arschfick. Es war ein Traum von Sex, den viele Männer träumen. Eine Frau, die leidenschaftlich alles mitmacht und Sex genießt. Genau das war dieser Abend mit Nina.

Sie war meine Sex-Puppe. Ich fickte sie und schenkte ihr eine Gesichtsbesamung auf die Augen. Das würde ich bei Andrea nie machen. Während ich duschte, schlief die Maus ein. Als ich sie da so süß nackt liegen sah, musste ich ein paar Fotos dieses Traumkörpers schießen. Ach, wenn jede Mutter noch so sexy wäre! Der Anblick Ninas machte mich geil. Ich wollte Sex. Doch irgendwie kam ich mit dem iPhone in der Hand auf die Idee, ein paar lustige Fotos zu machen. Ich hielt ihr meinen steifen Dick vor die Nase und knipste. Ich tat so, als würde ich sie lecken, und knipste. Solche Blödeleien sind normal nicht mein Ding, es muss wohl am Alkohol gelegen haben.

Aber es reichte noch, um Nina wach zu schütteln und sie erneut in sämtliche Löcher zu stoßen. Sie hielt genial hin und stöhnte laut mit. Nachdem ich Doggy in ihr kam, dösten wir ineinander weg. So ging es weiter. Jeden Tag harte Arbeit, jeden Abend Sex mit Nina. Highlight war der letzte Abend. Zuerst blies sie mich zu einem irrsinnig intensiven Orgasmus.

Als ich kam, arbeitete sie nur mit dem Mund und schluckte alles. Dann leckte ich sie zu 3 Orgasmen. Nach einer Kuschelpause fickte ich Nina nach Strich und Faden. Dann fickte sie mich nach Strich und Faden. Sie kam reitend auf mir, ich kam geritten unter ihr. Nina arbeitet bis heute für mich. Mittlerweile hat sie sich von Ferrari-Dominic getrennt und ist frisch liiert mit einem Bankier der oberen Etage. Ich hoffe, dass sie mit ihm glücklich wird.

# Chiara

Die 29-Jährige kam als Assistentin zu mir in die Firma. Bereits beim Vorstellungsgespräch punktete Chiara durch sexy Kleidung und antörnenden Blickkontakt. Sie gefiel mir: Freche, kurze, blonde Haare wie Melanie Müller, Tattoos, schöne Figur, das gewisse Etwas. Schnell waren wir beim Du und harmonierten prima. Leider blieb sie nur ein halbes Jahr, was von Anfang an so vereinbart war. Wir entwickelten ein Spiel. Immer wenn wir zusammen in der Kantine aßen, wetteten wir, wer sich als nächster an den Tisch zu uns gesellte. Mal hatte sie Recht, meistens ich. Wir wetteten um Kleinigkeiten, 1 Euro, maximal 2. Es ging nur ums Spiel, um den Kick.

Dann erweiterten wir unseren Wettradius, indem wir am Vorabend uns darauf festlegten, welche Hemdfarbe Kollege XY oder YZ am nächsten Tag tragen würde. Hier hatte meistens sie Recht. Wir verstanden uns gut und Chiara flirtete derweil gerne mit mir, obgleich sie wusste, dass ich Frau und Kinder habe. Als wir wieder einmal alberten, fragte sie: „Welche Farbe hat mein Slip?" Ich schaute Chiara an: „Weiß." „Schwarz." „Glaube ich Dir nicht. Ich sage Weiß." „Nein, Schwarz." „Beweise es."

Ohne zu zögern zog sie ihre hautenge Jeans ein wenig runter und präsentierte mir viel von ihrem Slip. Und gleichzeitig von ihrem Po, denn sie trug String. Dieses neue Slip-Ratespiel wurde zu unserer Routine. Immer öfter kam es vor, dass Chiara ausgefallene Farben anhatte, so machte sie es mir nicht leicht. Ich lag meist daneben. Und gerne zeigte sie mir die Farbe des Slips im Anschluss, dazu ihren halben hübschen Po. Ich merkte, hier ist mehr zu holen.

„Sag mal, Chiara, was hältst Du von einer aufregenden Wette?", versuchte ich eines Tages mein Glück. „Wenn ich in den nächsten 10 Tagen 5 Mal richtig liege, erfüllst Du mir einen Wunsch. Wenn nicht, erfülle ich Dir einen." „5 von 10 ist nicht der Burner", meinte sie. „Warum nicht? Meine Chancen sind sehr gering. Täglich so 1:10. Du hast Slips in sämtlichen Farben. Alle schon gesehen. Ich müsste 5 von 10 Mal richtig liegen, was fast unmöglich ist." „Hm, ja, eigentlich hast Du recht.

Aber ich finde, Du benötigst eine positive Bilanz, sagen wir 6 von 10 Mal. Das wäre verdammt gut." „Deal", schlug ich ein. „Um was wetten wir?" Chiara überlegte: „Wenn ich gewinne und Du die 6 von 10 nicht schaffst, sondern weniger, bekomme ich 1 Tag extra frei." „Einverstanden", grinste ich. „Was willst Du, wenn Du gewinnst?" Ich überlegte, wie ich es formulieren soll: „Dann darfst Du 1 Stunde lang mit mir anstellen, was Du willst." „Wie meinst Du das?" Dann kapierte sie. Chiara lachte: „Du bist mir einer! Ich wusste doch, dass Du es auf mich abgesehen hast."

„Dieses gewisse Etwas zwischen uns ist sehr reizvoll", gab ich zu, „und in 3 Wochen verlässt Du mich. Leider. Also dachte ich, ich könnte es mal erwähnen." „Na gut, aber gegebenenfalls Du gewinnst, es wird nur das gemacht, womit ich einverstanden bin." „Selbstverständlich. Du stellst die Regeln auf. Du entscheidest, was wir tun." Das gefiel Chiara, wir hatten eine würdige Wette. Als Chiara nach Hause gegangen war, montierte ich 2 unsichtbare Mini-Spy-Kameras an ihren Schreibtisch. An Positionen, in denen ich viel sehen konnte.

Chiara trug gerne Röcke, um mich heiß zu machen. Außerdem hatte sie schöne Beine. Tag 1: Chiara kam gut gelaunt zur Arbeit. Im Rock. Nach dem morgendlichen Meeting ging es in meinem Office zu zweit weiter, wo ihr Schreibtisch seitlich dem meinen stand. Beide Cams übertrugen live auf mein iPhone. Ich riskierte immer wieder einen Blick, bis ich das sah, was ich sehen musste: Rot! Bei einer günstigen Gelegenheit lenkte ich das Gespräch auf unsere Wette: „Okay, lass mich raten. Blicke mir tief in die Augen. Ich sehe ... ich fühle ... ich spüre ... Du trägst heute Rot." Chiara staunte. „Hey, Du hast Recht. Hier, schau." Sie zeigte mir viel von ihrem roten String inklusive ihres schönen Hinterns. „1 zu 0 für mich", triumphierte ich." Tag 2: Diesmal erkannte ich einen Grünton. Also verkündete ich ihr meine hellsichtigen Fähigkeiten: „Heute trägst Du ... hm, schwer ... schau mir in die Augen ... Grün!" Chiara konnte es nicht glauben. Ich hatte wieder richtig geraten. „Das ist unheimlich", stotterte sie und zeigte mir ihr helles Grün. So ging es weiter. Tag 3 und 4 lag ich wieder richtig. Dann baute ich bewusst 2 Fehler ein, um ihr Realität zu schenken.

Tag 7 musste ich richtig liegen: Schwarz war die Lösung. So, ich brauchte nur noch 1 Treffer und hatte 3 Versuche. Tag 8 lag ich bewusst falsch. Ihr Gelb hielt ich für Lila. Tag 9 musste ich alles klar machen, kein Risiko eingehen. Sie trug Jeans. Schwer zu sehen. Aber meine Back-Cam erwischte sie von hinten und erkannte einen Goldton. „So, liebe Chiara, wenn ich heute richtig liege, dann darfst Du 1 Stunde lang mit mir anstellen, was Du willst", grinste ich und konzentrierte mich auf des Magiers Werk. „Heute … was kann es sein? … Ich sehe eine spezielle Farbe … eine besondere Farbe … und zwar: Gold!"

Chiara konnte es nicht glauben: „Bist Du Hellseher?", schüttelte sie den Kopf und präsentierte mir ihr Schmuckstück. Den Slip, meine ich. Auch ihren Po. „Gut, schön", nickte ich, „damit habe ich unsere Wette gewonnen." „Ja, hast Du, Glückwunsch", ließ ich mich feiern. „Ich möchte meinen Wettgewinn heute nach der Arbeit erhalten. Hier im Office. Ab 17:30 Uhr sind alle weg. Ich lade Dich zum Essen ein, dann kommen wir ins Office zurück. Wir sind dann ganz allein. Einverstanden?"

Sie war. Andrea schrieb ich eine WhatsApp und erklärte ihr das Abschiedsessen mit meiner Assistentin Chiara und einigen aus dem Team. Sie wünschte mir guten Appetit. Um 17 Uhr verließen Chiara und ich das Büro und gingen zum Italiener 5 Straßen weiter. Chiara flirtete nun heiß mit mir, sie wollte es doch auch. Sie berichtete über ihren neuen Job und wie sehr sie mich und den Laden vermissen werde. Dann gingen wir zurück. Wir waren allein. Ich sperrte meine Bürotür zu und setzte mich in meinen Chefsessel. „So, nun ist es an der Zeit, dass Du Deinen Wetteinsatz einlöst.

Du darfst mit mir anstellen, was Du willst. Es wird nur das gemacht, was Du möchtest. Ich bin für alles offen." Mit diesen Worten forderte ich sie auf, aktiv zu werden. Chiara legte ihre Jacke ab und stolzierte auf mich zu. Lasziv zog sie sich die Jeans herunter und entblößte ihren goldenen Po. Diesen hielt sie mir vors Gesicht. Ich griff zu und küsste Backe links, dann Backe rechts. Nun landete ihr Top auf meinem Schoss. Zum ersten Mal sah ich ihren Oberkörper nackt: Schöne Brüste hatte sie, wobei die linke größer war als die rechte. Tattoos schmückten Chiaras Bauch, komische Symbole, nicht so mein Ding.

Was aber mein Ding war, war ihr Griff an meine Hose. Ah, der tat gut! Schnell war mein Penis durch den Reißverschluss gelangt und stand nach oben. Wie ihre Doppelgängerin kniete sich Chiara vor mich und nahm meinen Dong in ihren Mund. Und schon waren wir beim Blowjob. Doch richtig gut blasen konnte sie leider nicht. Ich spürte Zähne und zu viel Zunge. Auch ihre Wichshand griff seltsam zu. Ich fand es nicht so angenehm und hoffte auf Veränderung. Die kam, als sie mir ein Gummi drüberzog und auf mir Platz nahm. Let´s ride! Ja, das konnte Chiara besser. Gekonnt ritt sie mich in meinem Chefsessel glücklich. Zuerst schnell, dann langsam und gefühlsintensiver. Ihre Muschi trug einen kleinen, schwarzen Schamhaarbusch, im Kontrast zu ihren wasserstoffblond gebleichten Haaren sah das geil aus. Sie klammerte sich eng an mich, wie ein Affe. Nach 10 Minuten kam sie. Ihre Verengungen der Scheide stimulierten mich und schenkten mir einen sehr erfüllenden Orgasmus. Ich drückte die Maus an mich. „Danke", küsste ich sie zum ersten Mal auf den Mund. Viel Knutschen wollte sie aber nicht. „Gerne, Tiger, war schön", sagte sie und zog sich an.

„Meinst Du, wir können das wiederholen die Tage, wo Du noch da bist?" „Mal schauen, vielleicht", kokettierte sie zurück, „lass Dich überraschen." Und ging. Tatsächlich hatte sie noch einen übrig. Die letzten Tage waren ohne besondere Vorkommnisse vergangen, ich hatte mich damit abgefunden, Chiara als One Night Stand abgehakt. Wollte ihr auch nicht auf die Pelle rücken. Ihr Abschied war gekommen. Chiaras letzter Arbeitstag. Ich war traurig, dass sie mich verließ. Sie auch. Ich übergab ihr ein sehr positives Zeugnis. „Wenn Du heute noch Zeit hast, habe ich eine Überraschung für Dich", flüsterte sie mir ins Ohr.

„So gegen 18 Uhr hier in unserem Office, okay?" „Und wie!", flüsterte ich zurück. Um 16 Uhr ging Chiara. Um 17 Uhr ging die letzte Kollegin, ich erledigte noch Office-Arbeit und Überweisungen. Punkt 18 kam Chiara zurück. Ich schloss ab, wir waren ohnehin allein im Haus. „So, Chef", startete Chiara ihre Überraschung, „als Danke für die tolle Zeit hier und das erstklassige Arbeitszeugnis gehöre ich 1 Stunde lang Dir. Ich bin für alles offen. Worauf hast Du Lust?" „Auf Dich", schritt ich auf sie zu und küsste sie.

50

Diesmal küsste sie leidenschaftlich mit. Meine maskulinen Hände waren unter ihrem Top und unter ihrem Minirock. Ich spürte erregte Haut. Schnell waren wir fickbereit und ich legte sie auf meinem Schreibtisch ab. Doch ihre süße Muschi sah so süß aus, die musste ich lecken. „Darf ich?", deutete ich ihr mein feuchtes Vorhaben an. „Ja, mach", nickte sie und drückte meine Haare hinunter in ihren Schoß. Ihr begann sie zu lecken. Chiara genoss und stöhnte sehr leise, aber intensiv mir ihre Lust entgegen.

Je länger ich leckte, desto saftiger wurde Chiaras schöne Pussy. Und desto näher kam ihr Höhepunkt. Diesen erlebte sie, als ich ihre Klitoris direkt bearbeitete. Heftig zuckend wackelte sie auf meinem Schreibtisch. Aber nicht 1 Mal, sondern 3 Mal, da ich dafür bekannt bin, Frauen stets multipel kommen zu lassen. Wer kann, der kann! Nun wollte ich torfstechen. Mein Schwanz war ohnehin längst steif vom Spektakel.

In meiner Geheimschublade habe ich immer Gummis parat. Ein rotes Präservativ zog ich mir über und fickte sie stehend. Sie liegend auf meinem Tisch. Chiara genoss den Fick und bekam mein Abschiedsgeschenk: Eine 1A-Gesichtsbesamung. Bevor ich kam, riss ich mir das Kondom runter und platzierte mich seitlich zu ihr.

Sie griff zu und wichste meinen Dong spritzig zu Ende. Mein Sperma landete in ihrem Face und auf ihren Brüsten. Es war viel Sperma! Das war´s mit Chiara und mir. Sie machte sich sauber, zog sich an, küsste mich zum Abschied mit Zunge und verließ mich für immer. Ganz für immer aber nicht, da ich natürlich so schlau war und den Raum präpariert hatte.

Meine beiden unsichtbaren Spy-Cams hatte ich optimal in Position gebracht. Sie filmten den Schreibtisch-Sex von Chiara und mir und schickten die Aufnahmen in mein Archiv. In einer privaten Stunde schnitt ich daraus ein finales Video, das ich „Chiara" nannte. Es ist eines von mittlerweile über 200 privaten Sex-Videos, in denen ich mitgespielt habe und die ich stolz mein Eigen nennen kann.

# Evelyn

Bei einer unserer Produktionen lernte ich Yvonne kennen. Sie war ein hübsches, 10-jähriges Mädchen. Wir drehten eine Kinder-Show und suchten nach Teilnehmerinnen und Teilnehmern von 8 bis 12 Jahren. Im Casting überzeugte uns Yvonne sofort. Ihre natürliche Art war ein Plus. Yvonne sprach sehr gutes, geschultes Deutsch und war in ihrer Art noch kindlich und schon reif zugleich, fast sexy. Ja, diese frühpubertierenden Girls. Ihre Mutter war der Hammer: Evelyn. Die schicke Business-Lady war die Managerin ihrer Tochter, für die sie große Pläne hatte. Schauspielunterricht, Gesangunterricht, Klavierunterricht, Modelunterricht.

Nach dem Casting holte ich Yvonne und Evelyn in mein Büro und machte ihnen ein gutes Angebot. Doch Evelyn verhandelte knallhart. Sie wollte die doppelte Summe für ihren Goldesel. Da ich Yvonne unbedingt haben wollte, zahlten wir. Gedreht wurde im Bayern-Park. Wir luden 10 Kinder und deren elterliche Begleitperson ein. Zahlten Hotel für 2 Übernachtungen, Essen und Getränke. Dazu gab es für jedes Kind ein saftiges Honorar von 500 Euro. Yvonne 1.000. Erster Drehtag: Evelyn war sehr präsent und mischte sich in fast alles ein.

Trotzdem tauschte ich mich gerne mit ihr aus, weil sie sehr sexy war. Lange, blonde Haare, Engelsgesicht, volle Lippen, große Augen, schöne Hände mit schwarz lackierten Fingernägeln und teurem Handschmuck, lange Beine und ein männerverführender Gang. Eine tolle Figur. Ich schätzte sie auf 54 kg bei 1,70 m. In der Mittagspause saßen wir nebeneinander und kamen ins Gespräch.

Während Yvonne mit den anderen Kindern ihre Pause genoss, erzählte mir Evelyn über sich: Studierte Kauffrau, verheiratet mit einem Zahnarzt, doch seit 1 Jahr in Trennungszeit. Yvonne sei ihr einziger Schatz. Sie sehe in ihr einen Superstar, wolle sie berühmt machen und mit ihr richtig Geld verdienen. Yvonne war wirklich ein sehr hübsches, charismatisches und begabtes Mädel. Chancen auf größeren Erfolg hatte sie. „Ich bin bereit, alles für den Erfolg meiner Tochter zu tun."

Sagte Evelyn mir mehrmals beim Essen. Weiter ging der Dreh. Alles lief perfekt. Am späten Nachmittag war die Tagesration erledigt und wir setzten uns mit den Kindern und ihren Begleitern zusammen, um den Folgetag zu planen. Hier war für eine längere Episode noch eine Hauptrolle zu besetzen. Eigentlich hatte ich geplant, der 11-jährigen Gina die zu geben, aber nach dem ersten Tag nahm ich von diesem Gedanken Abstand. Ich informierte alle, dass ich mir am Abend Gedanken machen werde, wer die Hauptrolle bekäme. Entscheidungsverkündung morgen Früh.

Am nächsten Morgen teilte ich allen meine Entscheidung mit: „Die Hauptrolle übernimmt Yvonne!" Wie kam es dazu? Rückblende: Nach dem Abendessen mit meiner Crew ging ich aufs Hotelzimmer und duschte. Dann schaltete ich TV ein und ließ mich berieseln. Plötzlich klopfte es an der Tür. „Wer ist da?", rief ich. „Ich, Evelyn", hörte ich sie leise. Ich öffnete im Pyjama die Tür. Auch sie hatte sie umgezogen und stand in einem hautengen, roten Kleid vor mir. Mega! „Entschuldigen Sie, dass ich störe, darf ich kurz eintreten?" Bevor ich etwas sagen konnte, war sie drin. Sie musterte mich, dann:

„Sorry, dass ich Sie unerwartet überfalle, aber haben Sie sich schon entschieden, wer morgen die wichtige Hauptrolle bekommt?" „Noch nicht", brummte ich. „Ich würde mich riesig freuen, wenn Yvonne den Zuschlag erhielt", strahlte sie. „Ich weiß", konterte ich, „aber Yvonne ist nicht die Einzige, die etwas drauf hat. Yvonne ist in der engeren Auswahl, entschieden ist noch nichts." „Wie ich schon sagte: Ich bin bereit, alles für den Erfolg meiner Tochter zu tun, und mit alles meine ich auch alles."

Mit diesen Worten öffnete Evelyn den Reißverschluss ihres Sex-Kleides und ließ das rote Stück zu Boden fallen. Da stand sie: Splitterfasernackt. Vor mir. Sie hatte mich überrumpelt. Aber was ich sah, gefiel mir. Stumm musterte ich sie. Mein Blick startete an ihrem hübschen Gesicht und wanderte tiefer. Ihre Brüste standen wie eine Eins, sie waren gemacht, größer, als sie von außen aussahen. Ihr Körper war gut gebaut, trainiert und sexy. Ihr Bauchnabel verziert mit einem funkelnden Kristall. Evelyns Muschi-Haare rasiert zu einem Pfeil.

Dieser Pfeil führte zum Ziel. Irrungen und Wirrungen ausgeschlossen. Niedliche Beine. Mein Blick glitt höher, bis ich Evelyns Gesicht erreichte. Regungslos präsentierte sie mir ihre Schönheit und Einladung auf alles, was ich wollte. Ich hatte mich entschieden. Für Yvonne! Ich schritt auf Evelyn zu, doch bevor ich ihre Brüste berührte, hielt sie die Hand vor: „Yvonne bekommt die Hauptrolle, klar?" „Klar wie Kloßbrühe", lächelte ich charmant und durfte endlich ran. Sie gehörte mir. Ich hob sie aufs Bett und zog meinen Pyjama aus. Ich küsste sie, sie küsste mit. Ich hatte einen Freifahrtschein, geil!

So wollte ich mein Glied in ihrem Mund spüren und ihren Mund an meinem Glied. Ich drückte ihren Kopf an die richtige Stelle, sie verstand. Schlaues Mädel. Sie begann ihren Blowjob. Der war feucht und gut. Wie ein Profi lutschte sie meinen Dong steif und bereit zum Torfstechen. Schnell war ein Gummi auf meinem Dick, der Pfeil zeigte mir den Weg. Evelyn legte sich aufs Laken und sah zu, wie ich Hengst in sie eindrang. Ich konnte sie ficken, wie ich wollte. Zuerst langsam, dann schnell, zuerst zärtlich, dann hart, zuerst mit Rücksicht, dann ohne. Evelyn rebellierte nicht, sie hielt gut hin.

Ich bin sicher, das hatte sie schon oft gemacht. Ihrer Tochter Hauptrollen so besorgt. Sollte mir recht sein. Ich ließ all meinen Wünschen freien Lauf und zögerte meinen Orgasmus hinaus. Auch von hinten nagelte ich sie. Doch ein bisschen aktiv sollte sie auch sein. „Beende es von oben", kommandierte ich Evelyn nach oben. Die MILF bestieg mich und ritt den Hengst zum Beben. Ich schoss meinen Saft in das Gummi und war schweißgebadet von diesem geilen Erlebnis. Lust auf Kuscheln danach hatte Evelyn leider nicht.

Schon kleidete sie sich an. Mein Versuch, sie zu einer Massage zu überreden, die ich ihr schenken wollte, schlug fehl. Auch mein Angebot, ihr erfüllenden Oralsex zu machen, interessierte sie nicht. Sie stand wieder vor mir, ihr sexy Kleid an, und blickte mich an: „Yvonne bekommt dafür die Hauptrolle, klar?" „Habe ich zugesagt, ich stehe zu meinem Wort", grinste ich. Sie ging. Ein komischer Fick war das gewesen, aber ein guter. Am nächsten Morgen teilte ich meiner Crew die Besetzung mit. Eine Stunde später den Teilnehmern und deren Eltern.

Yvonne jubelte und Evelyn zwinkerte mir zu. Der Drehtag war erfolgreich. Yvonne machte ihre Sache prima und Evelyn dankte mir mit glücklichen Blicken. Nach der Arbeit aß ich mit meinem Team zu Abend und zog mich in mein Zimmer zurück, telefonierte mit Andrea und machte mich bettbereit. Da klopfte es wieder. „Wer ist da?" „Evelyn." Ich öffnete und die hübsche MILF trat ein, diesmal in kurzem Jeansrock und Glitzertop. Ja, sie hatte sich extra aufgestylt. „Danke, dass Du Dein Wort gehalten hast", nickte Evelyn, „das kommt nicht immer vor."

Ich wusste es! Sie hatte sich schon mehrfach verkauft, um ihrer Tochter einen unlauteren Vorteil zu verschaffen. Nun ja, nicht jeder Produzent ist so ehrlich wie ich. „Gerne", meinte ich, „abgemacht ist abgemacht." „Heute bin ich nicht geschäftlich hier, sondern privat", säuselte Evelyn. „Wenn Dein Angebot von gestern noch steht, nehme ich es an." Ich stellte mich blöd: „Welches Angebot?" „Massage und Oralsex!" Bevor ich Ja sagen konnte, fielen ihr Rock und ihr Top zu Boden.

Nackt stolzierte sie auf mein Bett und legte sich auf den Bauch. „Komm schon", rief sie und warf mit einem Kissen nach mir. Aus der Geschäftsfrau war eine verspielte Katze geworden! Der Womanizer hatte es geschafft. Zähmen kann er alle! Auch ich machte mich nude und holte die Yves-Rocher-Lotion in das Bett. Kokosnussduft erfüllte den Raum. Ich kniete mich neben Evelyn und startete die Massage. Ein Arschgeweih lachte mich an. Ich massierte ihre Schultern, ihren Nacken und Rücken, tiefer zu ihrem formschönen Po. Der hatte nur eine einzige Falte. Ich spielte zwischen ihre Beine und spürte feucht. Evelyn öffnete ihre Stelzen und ließ mich tiefer gewähren.

So konnte ich mit dem Petting von hinten starten. Ich streichelte ihre Schamlippen und spielte Mösenbillard mit meinen Fingern. Das gefiel ihr. Die 32-Jährige keuchte laut. Ich streichelte ihre hübschen Beine, bis ich sie umdrehte. Nun machte ich ernst. Nach einer Kusssalve auf ihre Brüste und an ihren Hals konzentrierte ich mich auf ihren Schambereich. Als meine Zunge ihren Kitzler anstieß, kam sie schon. „Uiuiui!", schrie sie und krampfte zusammen. So schnell klappt das bei manchen Frauen, ja. Schnell heißt aber noch nicht ganz erfüllend, also startete ich meine Zungenspiele an ihrer Scheide.

Die war mehr Pussy als Scheide. Ich saugte sie geil, bis sie erneut kam. Heftig kam sie. Sie riss mir fast einen Büschel Haare aus, was mich weiter antörnte, sodass sie kurz darauf ihr drittes Highlight genoss. „Alter Schwede, das kannst Du viel besser als mein Ex", lächelte sie und küsste mich. „Bekomme ich das danach nochmal, bitte?" „Gerne", nickte ich, „aber zuerst verwöhnst Du mich, okay?" „Hast Du Wünsche?" „Ja, ein Blowjob bis zum Ende", sagte ich. „Das gestern hat sich verdammt vielversprechend angefühlt." Sie band sich die Haare zusammen. „Dann stell Dich hin", kommandierte sie mich nach oben.

Ich stellte, und zwar vor den Wandspiegel. Ich wollte das Spektakel mit dieser Superfrau aus allen Positionen mitverfolgen. Evelyn umarmte mich frontal. Ganz fest. Dabei knetete sie mit ihrer Hand meinen Penis warm. Sah im Spiegel verführerisch aus. Dann umarmte sie mich von hinten und wichste ein nach vorne. Der Spiegel zitterte vor Freude. Schwupps, kroch sie durch meine Beine und landete an meinem Schwanz!

Mit Engelshand und Teufelszunge amorisierte sie meinen Liebesstängel. Ihr Blowjob war fantastisch: Ihr flutschiger Mund arbeitete gut unter Unterstützung ihrer linken, kreismitwichsenden Hand, während ihre andere meine Eier schaukelte. Ich schaute mal nach unten, mal in den Spiegel, mal gar nicht. Mit geschlossenen Augen ist es auch traumhaft schön. Dann wieder mit Spiegel. Diese Evelyn war einfach nur geil! Sie blies so gut, dass ich schon bald ejakulieren musste.

Mit Blick in the mirrow kam ich. Nachdem meine erste Ladung in ihren Mund ging, stöpselte sie aus und wichste auf ihre Titten zu Ende. Erst als er schlaff war, ließ sie von mir ab und wusch sich clean. Dann sprang sie aufs Bett und kommandierte mich zu ihr. Teil 2 des Muschi-Leckens stand an. Ich züngelte sie zu heftigen Höhepunkten und genoss es, diese wunderschöne Powerfrau beben zu sehen. Dann ging sie. Ade, Evelyn!

# *Charlotte*

Die dreifache MILF Charlotte war die Assistentin der Gechäfts-
führung ihres Mannes Reiner, einem meiner Geschäftspartner.
Reiner und ich lernten uns vor 2 Jahren kennen und schätzen. Er
war ebenso erfolgreich wie ich und Inhaber einer TV-Produk-
tionsfirma in Frankfurt. Wir passten gut zusammen, da wir uns
prima ergänzten. Ich konnte mit meinen Schwerpunkten bei ihm
punkten, er mit seinen bei mir. Gemeinsam ist man stärker, also
taten wir uns zusammen für das eine oder andere Projekt.
　　Als ich mal wieder in Frankfurt war, lud er mich zu sich
ein. Ich wurde empfangen von 3 erzogenen Kindern und einer
äußerst attraktiven Ehefrau: Charlotte. Dass ich mit dieser Charlotte mal poppen würde, hätte ich mir nicht zu träumen gewagt.
Charlotte war normalgroß und normalschlank. Hatte ein schönes Gesicht, gelockte, lange, dunkelblonde Haare, einen Bom-
benausstrahlung, sah aus wie Sheri Moon Zombie. Freundlich
führte sie mich ins Wohnzimmer, wo Reiner auf mich wartete.
Der Abend war ein schöner. Wir unterhielten uns prima, und als
die Kinder verschwanden, wurde der Wein ausgeschenkt. Um 1
Uhr fuhr mich Reiner ins Nachbarhotel, ich schlief gut.
　　Charlotte ging mir nicht aus dem Kopf, vor allem, als
Reiner krank wurde und seinen Trip nach München absagen
musste. Stattdessen schickte er seine Ehefrau und Assistentin.
Das war wichtig, denn wir hatten uns verpflichtet, dieses Projekt in Kürze abzuschließen. So briefte Reiner Charlotte und
ließ seine Frau die Arbeit machen, während er auf Heilung im
Bett wartete. Ich holte Charlotte vom Airport ab und fuhr mit
ihr zu einem Nobelitaliener nach Riem.
　　Dort aßen wir göttlich. Charlotte war hübsch angezogen. Sie hatte sich schick für mich gemacht und flirtete mit mir.
Würde da mehr gehen? Ich testete es aus und fragte sie nach
ihrer Ehe. Sie meinte: „Alles gut, Reiner und ich lieben uns,
funktionieren zusammen, aber sexuell ist da nicht mehr viel.
Zum Glück gibt es den Womanizer." „Ja, den hat meine Frau
auch, ein super Teil." „Und bei Euch? Wie läuft es?" „Gut", antwortete ich.

„Andrea und ich sind glücklich miteinander, nach all den Jahren. Der Sex ist immer noch heiß." „Freut mich für Dich", kicherte sie. „Aber Du hast doch sicher viele Angebote von anderen Frauen." „Ja", nickte ich. „Und?" „Naja, ein paar nehme ich mit, bleibt aber unter uns." „Klar", schmachtete sie. Der Abend wurde reizvoller. Charlotte machte mir mit klaren Anmerkungen deutlich, dass sie Lust auf ein sexuelles Abenteuer mit mir hatte. Nachdem ich zahlte, fuhr ich sie 5 Minuten rüber in ihr Hotel. „Kommst Du noch rein?", fragte sie mich. „Geht nicht, meine Frau erwartet mich. Morgen vielleicht." Sie drückte mich und checkte ein. Ich fuhr home und fickte Andrea als Charlotte.

Den nächsten Abend hatte ich so geplant, dass wir ein Zeitfenster von 1,5 Stunden hatten. Charlotte war sehr erfreut. Nach erfolgreicher Arbeit beschlossen wir, das Geschäftsessen abzukürzen. Ab ins Hotel! Wir eilten in Charlottes Suite, dann begann der Traum. Charlotte küsste mich und zog mich aus, dann sich. Die Triple-MILF strippte für mich, also ob sie kinderlos sei. Ihr Körper war schön geblieben. Ihre Brüste sinnlich, ihre Muschi geschmückt mit einem Irokesen. Sexy!

Als sie meinen Dong befreite, wusste ich, dass gleich etwas Schönes passieren würde. Sie nahm ihn in ihren gierigen Mund und begann ihn zu lutschen. Ich genoss. Charlotte blies sehr intensiv. Mit Deepthroat! Mein kompletter Schwanz verschwand in ihrer Kehle. Ohne Hand arbeitete sie. Vorwärts, rückwärts. Tiefer und tiefer. Solange, bis ich ihr meinen Saft schenkte. Sie würgte ein wenig, denn meine Ladungen sind bekanntlich nicht wenig. Charlotte erledigte ihren Job erstklassig, und ja, sie schluckte alles. Diese Glanzleistung musste belohnt werden, doch oral befriedigen durfte ich sie nicht: „Ich mag das grundsätzlich nicht, fick mich lieber."

„Gib mir 20 Minuten, dann bin ich bereit", sagte ich. 15 Minuten später: Als Spiralen-Trägerin verzichteten wir auf das Kondom und ich nahm sie von hinten. Doggy Style führte ich meinen Schwanz in ihre weite Fotze ein und startete mit meinen Stößen. Charlotte feierte Ostern und Nikolaus zusammen. „Ja, geil, weiter so, wunderschön!", stöhnte sie und machte mir mit ihren Komplimenten viel Freude. Dann legte sie sich auf den Bauch und ich machte Doggy etwas tiefer. Im Liegen.

Auch prima. Ich pumpte und spürte meinen Samen kommen. Er kam schneller als ich dachte. Eigentlich wollte ich in ihren Mund spritzen, schon ergoss sich mein Samen in ihrer Scheide. „Jetzt mag ich erlöst werden", lechzte sie und holte aus der Lade ihren gold-schwarzen Womanizer Pro hervor. „Hier", drückte sie ihn mir in die Hand, „Du weißt ja, wie man damit umgeht." I know. Und wie! Ich hielt ihr die Öffnung über die Clit und startete. Stufe 1, Stufe 2, Stufe 3. „Schalte rauf, ich mag die höchste Stufe", keuchte sie. Während ich ihren Befehl ausführte, kam sie zum ersten Mal. „Ah, Oh, Uh", atmete sie tief und zuckte unter Pulsationsstrom.

Nun war ich am Limit, das Teil arbeitete volle Pulle. Andrea bevorzugt die mittleren Intensitätsstufen, manchmal die niedrigen, manchmal auch höher. Aber Charlotte brauchte es sehr hart. 1 Minute später stöhnte sie erneut und vibrierte zu ihrem zweiten Höhepunkt. Sie drückte meine Hand kräftiger an ihr Becken, der Saugknopf war verschwunden zwischen ihren Lips. Der dritte und vierte Orgasmus! Nach einem Fünften schaltete Charlotte das Teil ab und schmiss sich unter die Decke. Ich hinterher. „Wenn das Reiner wüsste ...", schmunzelte sie. „ ...dann würde er uns umbringen", vermutete ich.

„Ja, würde er." „Bleibt unter uns, versprochen?" „Versprochen!" Ich duschte mich, zog mich an und düste heim. Next day: Während der Arbeit hatte mir Charlotte zugeflüstert, was sie sich am Abend wünschte. Zuerst würde sie mir einen blasen. Dann wolle sie reiten. Und am Schluss ihre Orgasmus-Serie per Womanizer erleben. So wurde es geplant, doch es kam anders. „Süße, darf ich Dich doch oral verwöhnen bitte. Ich verspreche Dir, Du wirst es genießen." Charlotte lehnte ab. Doch meine Überredungskünste zeigten Wirkung: „Du kannst mir glauben. Ich bin ein Meister der Zunge.

Ich schenke Dir so genauso viele Orgasmen wie Dein Womanizer." „Na gut, Du darfst Deinen Mund einsetzen, wenn Du es mir mit dem Pro machst." „Deal." Also starteten wir mit ihrer Befriedigung. Ich setzte den Womanizer an und küsste ihren Venushügel bis zum Aufsatz. Sie kam schon nach wenigen Minuten. Als sie durchdrehte, schob ich den Womanizer beiseite und leckte sie über den point of no return zu ihrem Kommen.

So leckte ich sie aus, bis ich das Pro-Gerät zur Hilfe nahm. Diese Kombi gefiel Charlotte genauso gut wie Andrea. Jetzt züngelte und saugte ich mehr mit Mund. Charlotte ließ es zu und merkte, wie wahr meine Worte waren. Sie polterte zu 3 weiteren Orgasmen. Sie wollte eine Pause, doch die gab es nicht. Jetzt zeige ich es der, dachte ich, und präsentierte ihr meine legendäre Katja-Leck-Technik. Diese sorgte für den heftigsten Schüttler ihres Körpers. „Unfassbar, wie Du das machst", flüsterte mir Charlotte zu, „Du hast es drauf." Ich strahlte und hatte mich mal wieder erfolgreich als Frauenheld in Szene gesetzt.

„Für das alles belohne ich Dich", lächelte sie und kroch hinter mich. Von hinten griff sie mir zwischen die Beine und kraulte meine Eier. Dann griff sie noch weiter durch und streichelte meine Lanze. Ihre großen Brüste drückten sich in meinen Rücken, sie küsste meinen Hals, ich spürte ihr Atmen. Langsam masturbierte sie meinen Dong. In doppelter Zeitlupe. Es ging ihr nicht um schnelles Abwichsen, sondern um pure Leidenschaft und den Aufbau meines Höhepunktes.

Charlotte umfasste meinen Penis mit einem perfekten Hammergriff und schob meine Vorhaut vor und zurück, zurück und vor, vor und zurück, bis ich kam. Als ich kam, machte sie genau so weiter, im selben langsamen Tempo. Viel Sperma kam aus mir heraus, sie staunte. Leider war meine Zeit alle und ich musste weg. Stichwort Andrea und meine Kids.

Die Zeit rannte Charlotte und mir davon. Wir hatten nur noch 2 Abende mit je 1,5 Stunden. Mehr war nicht drin. Abend 1 fickten wir. Zuerst ich sie als Missionar, bis ich kam. Dann sie mich als Reiterin, bis ich kam. Ich leckte, saugte und womanizerte ihr danach 4 Orgasmen.

Abend 2 endete in einem genialen Blowjob. Zuvor hatte ich sie – ohne Womanizer – zu 3 Orgasmen gezüngelt. Dann durfte ich in ihren Mund kommen, mit Deepthroat. Charlotte kehrte zu Reiner und ihren Kids zurück. Ich sah und sehe sie noch bei unseren Co-Produktionen, doch solange Reiner dabei ist, ergibt sich für uns keine Chance auf Sex.

# Heidi

Die 33-jährige Blondine Heidi. Wir drehten einen Werbespot für eine Augsburger Immobilien-Firma, Heidi war unsere Hauptdarstellerin. Die Maklerin war groß und schlank: 1,78 m zu 55 kg. Pretty. Trug kurzen Rock und lange Beine. Ich verschaute mich in sie. Nach Drehschluss aß die Crew im edlen Leonardo-da-Vinci-Restaurant. Heidis Blickkontakt mit mir nahm zu. Ich fuhr den Womanizer auf. Flirtete unterm Tisch mit ihr. Schließlich lag meine Hand auf ihrem Schenkel. Sie grinste frech. 1 Stunde später, als alle fort waren, saßen wir noch bei einer Flasche Wein. Ich hatte Andrea, sie Vincent, aber das sollte uns nicht abhalten.

Bald war klar: Die Nacht gehört uns! Statt ins Hotel, fuhr ich mit zu ihr. Heidi wohnte luxuriös. Ein schickes Haus am Stadtrand war es, an dem sie parkte. Im Haus landeten wir im Schlafzimmer. Es war riesig. Genauso wie die Latte in meiner Hose. Heidi sah das und riss mir die Hose runter. Die Latte klemmte in der Unterhose, also musste auch die weg. Während ich stand, kniete sie und blies mir einen. Sie hatte noch ihr Kleid an, aber das störte mich überhaupt nicht. „Blasen" war ihr zweiter Vorname. Das konnte sie unglaublich gut.

Ihr Mund war tief und warm. Auch feucht. Gut lutschte sie meine Lanze und arbeitete mit ihrer Hand gut mit. Mit der Rechten kraulte sie meine Eier. Ich hatte die Tage zuvor keinen Orgasmus gehabt, also ging es schnell. Ohne Vorwarnung – warum auch – kam ich proteinreich in Heidis Mund. Die bewies, dass sie ein Luder ist, und blies weiter. Inklusive Schlucken. Bis ich leer war.

Teuflisch geil sah sie mich an. Mein Sperma klebte an ihren Lippen. Da wir gut alkoholisiert waren, wurden wir müde. Wir duschten uns frisch, dann gingen wir schlafen. Da wir nacheinander duschten, hatte ich sie nicht nackt gesehen. Das änderte sich am kommenden Morgen. Um 9 Uhr war Meeting für den zweiten Drehtag. Also klingelte mein Wecker um 6:30. Ich wurde wach und küsste die Maus wach. Ich war geil. Sie wurde geil. Ein Pfefferminz-Drop für mich.

Ein Drop für sie. Dann sah ich ihren Traumkörper. Schlank wie eine Prinzessin zeigte sie sich. Gute, kleine, feste Brüste. Ein langer Schamhaarstrich. Ich leckte sie heiß, dann fickte ich sie. Kondome hatten wir nicht, also musste ich ein aufpassen. Ich fickte sie als Missionar, dann fickte sie mich als Reiterin. Ich spürte es langsam zu Ende gehen und gab ihr das Zeichen, abzusteigen. „Wie magst Du es?" „Hol mir einen runter." Heidi blies an, dann übernahm ihre rechte Hand das Geschehen. Sie passte perfekt um meinen Dong. Schnell wichste sie. Also kam ich schnell. Da wurde sie langsam und wichste mich genüsslich ab. Mein Sperma spritze hoch und Heidi strahlte vor Freude.

Dann frühstückten wir und fuhren zur Arbeit. Nach dem abgedrehten Spot fuhren wir nochmal bei ihr vorbei, wo wir Sex hatten. Diesmal leckte ich sie heiß und wir fickten Doggy. Ich kam in ihren Mund. Dann düste ich nach Hause zu meiner Andrea und den Kindern. In den nächsten Wochen besuchte mich Heidi mehrmals in München. Ich zahlte ihr das Hotel und besuchte sie nach dem manipuliert früheren Feierabend für 2 Stunden heißen Sex. Hier leckte ich sie zum Orgasmus und wir bumsten mit Kondom. Sie hatte grundsätzlich Orgasmus-Probleme, wie sie mir erzählte, daher dauerte es etwas länger, bis sie kam. Sehr lange für meine Verhältnisse als guter Liebhaber.

Ich machte Heidi trotzdem glücklich. Dann der Schlag mit Andrea. Der Irrsinn mit dem Ehe-Break. Ich war stinksauer auf meine Frau. Musste mich ablenken. Tat dies mit Heidi. Ich rief sie an und erzählte ihr von meinem Drama. Gleichzeitig lud ich sie das Wochenende zu mir in die Übergangsbude ein. Sie kam. Und wie! Bereits am ersten Abend fickte ich ihr das Hirn raus. Heidi konnte einiges ab und ließ sich pressen wie eine Bratwurst. Im Gegenzug blies sie mich auf Wolke 7. Wir verbrachten das halbe Wochenende im Bett.

Heidi war geil auf mich und hatte immer Lust auf Sex. Das gefiel mir. Doch nach 4 Wochen Affäre wurde sie mir zu anhänglich. Sie wollte jedes Wochenende kommen, aber das war mir zu viel. Denn ich wollte lieber neue Frauen kennenlernen für unkomplizierte One Night Stands. Also beendete ich das mit Heidi und versprach ihr, wenn ich wieder in Augsburg sei, mich bei ihr zu melden.

# Pippa; Becky

Ich war Anfang 20 und kannte Andrea noch nicht. Ein Praktikum schickte mich 2 Wochen nach Irland, um dort bei einer TV-Gesellschaft, die mit unserer kooperierte, zu lernen. Ich landete in Belfast. Gleich an meinem ersten Arbeitstag lernte ich Becky kennen. Sie war die Teammanagerin und meine Vorgesetzte. 30 Jahre alt. Rothaarig. Quite sexy! Ich fand sie süß und wollte sie, doch wollte mich nicht blamieren oder mir Ärger mit ihr einhandeln. Also beobachtete ich die Lage und hielt mich zurück.

Dafür wurde ich von Pippa angemacht. Pippa war so alt wie ich, 21, und arbeitete dort gerade mal ein halbes Jahr. Probezeit vor wenigen Tagen bestanden. Normal aussehend. Nichts Besonderes. Aber auch nicht abstoßend. Nette Figur, unauffälliges Gesicht. Ich arbeitete eng mit ihr und spürte, dass ich ihr gefiel. Am dritten Tag flirtete sie mich an: „Hast Du heute noch was vor?", fragte sie. „Nö", meinte ich, „vielleicht mir die Innenstadt anschauen, mehr nicht." „Ich kann Dir einiges zeigen", lächelte sie, „ich komme von hier, kenne mich bestens aus." Auf eine persönliche Führung hatte ich Lust, vor allem auf eine, die in ihrem oder meinem Bett enden könnte. Ich sagte zu.

Um 16:30 Uhr verließen wir die Firma und Pippa führte mich ein wenig herum. Ihre kurzen, schwarzen Haare ließen sie älter aussehen. Ihr Gesicht war rund, ihr Po ein wenig zu dick für ihren Oberkörper. Sonst eine normale 21-Jährige. Sie erzählte mir, dass sie vor 2 Wochen Schluss mit ihrem Freund gemacht hatte, weil er sie betrogen hatte. „Magst Du meine Bude sehen?", fragte sie mich gegen 18:30 Uhr. „Ich koche auch für Dich." Klar sagte ich „Klar".

Sie führte mich in ein Mehrzimmerhaus, ihr gehörte eine Wohnung im 2. Geschoß. „Hier wohne ich, gehört meinem Vater. Hat er für mich gekauft", protzte sie. 2 Zimmer waren es, schön und großzügig geschnitten. Dazu Küche und Bad. „Nett hast Du es", lobte ich sie. Sie überreichte mir ein kühles Bier und kochte für uns Irish Stew. Lecker! Ich haute mir den Magen voll. Als Nachtisch gab es Pancakes mit Marmelade. Diese Pippa konnte für ihre erst 21 schon verdammt gut kochen!

Nun wurde es romantisch. Sie legte eine CD ein und gesellte sich mit mir aufs Kuschelsofa. „Hast Du schon mal ein irisches Mädchen gehabt?", fragte sie mich mit hohem Wimpernschlag. „Ich habe schon einige Mädels gehabt, aber eine Irin war noch nicht dabei." Da neigte sich Pippa zu mir und küsste mich. Ich hatte nichts dagegen. Sie schmeckte süß, nach Pancakes. Ich küsste mit. Schnell waren meine Hände unter ihrem Shirt. Kurz darauf war das Shirt weg. Das Vorspiel wurde intensiver, bis wir nichts mehr anhatten. „Wollen wir miteinander schlafen?", fragte ich sie. „Sorry, dafür bin ich noch nicht soweit. Dafür brauche ich mehr Zeit. Aber ich kann Dir einen runterholen."

Ich liebe Handjobs! „Ja, mach schon", bat ich sie, meine Erregung aufrecht zu erhalten. Ich lag auf dem Sofa, während Pippa zwischen meinen Beinen kniete und meinen Ding Dong in die Hand nahm. Ich musterte sie. Hatte schon Hübschere gehabt. Auch Schirchere. Leider konnte Pippa nicht gut wichsen. Viel zu ruckartig arbeitete sie. Mädel, etwas filigraner bitte. Doch Pippa konnte nicht anders. Mehrmals nahm ich ihre Hand in meine und legte sie so um meinen Penis, wie ich es brauche. Doch sie rutschte immer wieder ab und verfiel in ihre komische Technik.

Die reichte trotzdem, um mich abspritzen zu lassen. Ich kam und war zufrieden. „Magst Du über Nacht bleiben?", fragte sie mich. „Heute nicht, ich habe nichts dabei. Außerdem muss ich meine Eltern anrufen, die warten auf ein Lebenszeichen von mir." „Okay", flüsterte sie, „bis morgen." Am nächsten Tag arbeiteten wir erneut zusammen, sprachen aber kaum über uns. Erst kurz vor Feierabend fragte mich Pippa, ob ich erneut zu ihr kommen wolle. Ich sagte zu. Zusammen gingen wir zu ihr. Sie kochte Shepherd´s pie.

Schmeckte noch besser als Irish Stew. Danach wurde es romantisch. Wir küssten und zogen uns aus. „Magst Du heute mit mir schlafen?", fragte ich. Wieder erteilte sie mir eine Abfuhr und wollte mir einen wichsen. „Kannst Du mir auch einen blasen?", wollte ich wissen. Sie hätte sicher gekonnt, aber sie wollte nicht. Na gut, dann ließ ich sie wieder an mir herummasturbieren. Diesmal war ihr Griff besser als Tags davor und ich kam schon nach 5 Minuten.

Diesmal hatte sie es mit der anderen Hand gemacht. „Möchtest Du, dass ich Dich verwöhne?", fragte ich sie. „Gerne", lächelte sie schamhaft und legte sich in Position. Der junge Womanizer streichelte ihren Körper und rubbelte ihre Clit. Sie kam. Als Belohnung dafür gab es noch Oralsex von mir für sie. Ich leckte ihre teilrasierte Muschi zu 2 weiteren Highlights. Sie schmeckte seltsam, eine Duftnote, die ich nicht zuordnen konnte. Nicht schlecht, aber auch nicht Rose. Anders einfach. Die Pippa war glücklich und wollte, dass ich bei ihr schlafe. Tat ich auch, da ich mit ihrem Wunsch gerechnet hatte.

Am dritten Abend gab es mehr: Sie blies mir einen. Leider nicht gut. Ihre Zähne waren spitz bei der Sache, und sie blies mehr, als dass sie lutschte. Ich war am Verzweifeln, da ich nicht kommen konnte. „Mach es mit der Hand zu Ende", bat ich sie. So erlöste sie mich und ich bekleckerte ihre Brüste. Ein Nippel war durchstochen. Danach leckte ich sie glücklich und schlief in ihrem Arm ein. Weitere Lust auf Pippa hatte ich nicht, also ließ ich mir für die kommenden Abende Ausreden einfallen. Nach der dritten Ausrede schenkte ich ihr klaren Wein ein.

Das hatte Konsequenzen. 2 Tage später zitierte mich Becky zu sich ins Büro. Es war 17 Uhr, eigentlich Feierabend für mich, da fing sie an: „Ich habe gehört, dass Du was mit Pippa hattest. Stimmt das?" „Ja", nickte ich, „ist das verboten?" „Nein, aber sie hat sich bei mir ausgeheult, dass sie sich benutzt von Dir vorkommt, weil Du sie abserviert hast." „Nun ja, wir hatten 3 nette Abende zusammen, aber so schön waren die halt nicht, dass ich das jeden Tag brauche", erklärte ich Becky. „Verstehe, was hat sie falsch gemacht?" „Ich glaube nicht, dass das hierher gehört", konterte ich. „Ich denke, die Details sind Privatsache. Ich bin ein freier Mann und darf entscheiden, mit wem ich eine Nacht verbringe oder nicht."

„Ja, sicher. Aber sie hat sich abserviert gefühlt von Dir. Und ist jetzt sehr traurig." „Sorry, dafür kann ich nichts." „Ja, Du musst Dich vor mir nicht rechtfertigen, ich habe Deinen Standpunkt verstanden. Mal unter uns: Warum hast Du kein Interesse mehr an ihr?" „Sie ist nicht gut im Bett. Unerfahren und nicht lernfähig. Jetzt hast Du Deine Antwort." Becky schüttelte den Kopf: „Typisch Kerl."

„Was heißt das nun wieder?", schüttelte ich den Kopf zurück. „Lass uns gehen, wir können das in chilliger Atmosphäre besprechen, bei einem Bier, ich lade Dich ein." Ein interessantes Angebot meiner hübschen Chefin. Ablehnen wollte ich nicht. Also verließen wir ihr Office und sie führte mich in ihre Lieblingskneipe. Dort wurde es privat: „Hast Du schon viele Mädels gehabt?" Ich setzte mein Womanizer-Grinsen auf: „Viele? In der Tat." „Wie viele?" Der Gentleman schweigt", grinste ich. „Du kannst mir glauben, ich bin schon im dreistelligen Bereich angekommen." „Soso, dann hast Du also eine Menge Erfahrung mit den Frauen." „Das kann man sagen."

„Aber wahrscheinlich hast Du nur Mädels gehabt. 18-Jährige, 20-Jährige, 22-Jährige, die noch keine Erfahrung haben und nicht wissen, wie Sex richtig geht." „Da irrst Du Dich", korrigierte ich sie. „Auch Frauen in Deinem Alter waren dabei. Einige sogar. Die stehen auf mich, weil ich weiß, was Frauen wollen." „Soso", lächelte Becky. „Ich wäre fast versucht, es darauf ankommen zu lassen." „Ich stehe bereit", schoss es aus mir heraus. „Nicht so schnell, Playboy", bremste sie mich, „ich sagte: Ich wäre fast versucht, es mal darauf ankommen zu lassen. Ich sagte nicht, dass ich es darauf ankommen lasse." „Wie kann ich Dich davon überzeugen, es darauf ankommen zu lassen?"

„Knutsch mit mir. Du hast 1 Minute. Wenn Du mich da überzeugst, erhältst Du Deine Chance." Ich wollte loslegen, doch sie blockte ab: „Nicht hier." Sie zahlte und wir gingen vor die Tür. Ein paar Straßen weiter, ums Eck. In einer kleinen Nische meinte sie: „So, Deine Minute läuft." Ich drückte mich an sie und küsste sie so intensiv ich konnte. Mit Zunge. Solange, bis sie mich wegdrückte. „Deine Minute ist um", lächelte sie. „Und, wie war ich?" „Gut, aber nicht gut genug", konterte sie, „das reicht nicht für mich. Sorry. Hab noch eine schöne Nacht."

Sagte sie und ließ mich stehen. Da stolzierte sie in ihrem Minirock dahin. Schlampe! Ich war wütend. Fühlte mich betrogen. Ich setzte mich auf eine Bank und versuchte, mich zu erholen. Doch Beckys Verhalten setzte mir zu. Mir kamen die Tränen. Zurückweisung ist etwas, mit dem ich nicht klarkomme. Vor allem, wenn es um Sex geht. Ich saß da wie ein Häufchen Elend, mein Kopf in meinen Händen.

Bis ich spürte, wie sich jemand neben mir auf die Bank setzte. Ich entdeckte ein junges Mädel, so 16 schätzte ich. Kurz darauf erfuhr ich, dass sie 18 war. Emma war ihr Name. „Hey, was ist denn mit Dir los?", fragte sie mich. „Nichts, schon gut", gab ich schniefend zurück. „Hat es etwas mit der Frau zu tun, mit der Du geknutscht hast?" Sie hatte mich gesehen. Beobachtet. Observiert! Ich erzählte ihr die Story mit Becky und wie ausgenutzt ich mich fühlte. „Sie meinte, meine Küsse seinen nicht gut genug. Blöde Schnepfe, derweil bin ich ein echt guter Küsser", motzte ich und rieb mir die letzte Träne aus dem Gesicht.

Emma war besorgt und nahm mich in den Arm. „Woher kommst Du?" Ich berichtete ihr über mich und mein 14-tägiges Arbeitspraktikum hier. Ich schien ihr zu gefallen. Schließlich meinte Emma: „Was hältst Du davon, wenn wir ins Kino gehen? Da laufen gute Filme. Ich hab ohnehin nichts vor. Das lenkt Dich ab und ich kümmere mich um Dich." Cooles Angebot. „Gerne, danke", stammelte ich und küsste sie auf die Wange. Wir gingen. Hand in Hand. Sie hatte nach meiner gegriffen und hielt sie fest und zart zugleich. Um es kurz zu machen: Wir landeten natürlich im Bett. Es war eine geile Nacht mit sehr gutem Sex.

Am nächsten Tag merkte ich, dass mich Becky genervt anblickte. War mir egal. Ich hatte nichts verbrochen und machte meine Arbeit. Kurz vor Feierabend bekam ich die Botschaft, in Beckys Büro zu kommen. Oha! „Und, hattest Du Spaß gestern noch mit der Kleinen?" Woher wusste sie das?! Hatte sie mich beobachtet? Verfolgt? Observiert? Ausspioniert? „Woher weißt Du das?", fragte ich. „Ich habe es gesehen." „Du bist doch gegangen", korrigierte ich sie. „Schon, aber dann bin ich nach 5 Minuten umgedreht, um mich zu entschuldigen. Denn Du hast echt gut geküsst.

Doch dann warst Du schon in den Fängen der Kleinen. Ich wollte sehen, wie sich das entwickelt. Dann seid Ihr Hand in Hand gegangen. Ich hoffe, Ihr hattet Spaß zusammen." „Ja, den hatten wir. Es war eine wunderschöne Nacht, wenn Du es wissen willst." Becky hob ihren Kopf und räusperte sich. „Wie gesagt: Ich wollte mich bei Dir entschuldigen. Du hast echt gut geküsst." „Ja, schon gut. Entschuldigung angenommen.

Kommt aber spät." „Ich weiß, aber ich konnte nicht anders gestern." „Alles gut, Schnee von gestern", lenkte ich ein. „Ist sonst noch was?" „Nein." „Gut, dann einen schönen Feierabend Dir", sprach ich und ging. Ließ sie stehen. Ha! Schnellen Schrittes düste ich ab. Kurz darauf lag ich schon in Emmas Arm. So kam es, dass Emma meine abendliche Abendfreude wurde. Becky wusste das. Sie sah es mir an. Ich gab ihr mit meinem glücklichen Blick zu verstehen, dass ich abends und nachts sexuell in sehr guten Händen war. Sie schäumte. 3 Tage vor Ende meiner Irlandzeit ließ mich Becky antanzen. Sie war megascharf angezogen und hatte sich sexy für mich zurechtgemacht.

„Hör zu. Du hast gewonnen. Ja, ich möchte mit Dir Sex haben. Wollte ich von Anfang an. Lass mich jetzt nicht links liegen." „Sorry, Becky, aber ich bin heute wieder mit Emma verabredet. „Dann versetze sie." „Nein, so läuft das nicht. Sie ist lieb und verdammt gut im Bett. Das kann ich ihr nicht antun."
„Aber ich will unbedingt eine Nacht mit Dir haben. Du willst es doch auch. Das weiß ich." „Ja, stimmt. Das will ich auch. Vom ersten Tag an. Pass auf: Heute Abend gehört Emma. Morgen auch. Meine letzte Nacht verbringe ich mit Dir. Einverstanden?"

„Einverstanden." Deal. Ich hatte 2 Abende und Nächte tollen Sex mit Emma. Die Verabschiedung war innig und herzlich. Ich versprach ihr, dass wir uns wiedersehen werden. Dann hatte ich nur noch Becky im Kopf. Meine Teamleiterin. Meine Chefin. Die 30-Jährige. Mein letzter Tag in der Firma war gut. Nachdem ich mich von all meinen lieb gewonnenen Kolleginnen und Kollegen verabschiedet hatte, folgte das offizielle Abschlussgespräch mit Becky. Sie war sehr nett und lobte mich für meine gute Arbeit. Sie händigte mir ein sehr gutes Zeugnis aus.

„Danke!", freute ich mich. Doch sie hatte längst etwas anderes im Kopf. „Zu Dir in Deine Pension oder zu mir?" „Zu mir", lockte ich sie, denn ich hatte Besonderes vor: Unseren Sex zu filmen. Das hatte ich mit Emma vorgehabt, aber irgendwie von Tag zu Tag geschoben, bis es zu spät war. Nun musste Becky dran glauben. Ich hatte damals eine kleine Video-Cam, die unauffällig war. Man konnte sie gut im Raum verstecken. Becky begleitete mich nach der Arbeit raus, doch zuerst wollte sie gut mit mir essen gehen. Sie lud mich englisch ein.

War sehr köstlich. Dann zu mir. Während Becky sich im Bad die Zähne spülte und neu schminkte, platzierte ich meine Cam in bestem Winkel zum Bett. Mit Nachtfunktion. Somit konnte ich den Raum abdimmen, damit die Cam sicher war. Sie hatte keinen Rotlichtblinker bei Aufnahme, darauf hatte ich bei dem Kauf geachtet. Die Tür öffnete sich und die Becky stolzierte in Strapse auf mich zu. Ich war 21. Hatte schon viele Mädels und Frauen gehabt. Aber der Anblick von Becky war einer der Besten aller Zeiten: So verdammt sexy und verrucht pfaute sie auf mich zu. Oben ohne. Perfekte Titten! Sie standen wie eine Eins.

Hier wäre jeder Bleistift sofort gefallen. Ich staunte und genoss, wie sie mich aufs Bett drückte und mit einem Blowjob startete. Der war göttlich. Becky war eine attraktive und erfahrene junge Frau. Sie lutschte genau richtig an meinem Dong. Dann hockte sie sich über mein Gesicht und mir war klar, was das bedeutete: Sie wollte, dass ich ihre Fotze lecke. Diese war nagelneu rasiert. Wunderschön! Ich stieß meine Zunge hinein und hörte Becky stöhnen.

Nach ein paar Minuten meiner Zungenspiele rutschte sie einen halben Meter tiefer, über meinen Penis. Ich holte ein schwarzes Kondom hervor und gab es ihr. Sie zog es mir über. Dann nahm sie auf mir Platz. Let´s ride! Die Irin ritt Rodeo vom Feinsten. Schnell liebte sie es. Auch ich liebte es so. Dann kam sie. Dabei verengte sich ihre Supermuschi so geil, dass ich sofort kommen musste. Ich haute mein Zeug in den Mantel und genoss ihre und meine Kontraktionen. „Das war geil!", rief sie und stieg von mir hinunter. „Ja, fand ich auch!", rief ich hinterher. Sie verschwand im Bad. Diesen Moment nutzte ich, um die Cam zu beseitigen. Sicher ist sicher.

Kurz darauf kam Becky zurück und legte sich auf meine Brust. Wir lagen da und schwiegen. Sie wusste, sie hätte mich früher haben können. Auch ich hätte sie früher haben können, doch die Zeit mit Emma war echt schön gewesen. Außerdem: Lieber ein Spatz in der Hand als die Taube auf dem Dach! So war es am besten: Ich bekam beide. Den Spatz und die Taube. Emma und Becky. Dazu noch Pippa. 3 hot girls in 2 weeks! Ja, schon damals war der Womanizer ein Sammelkönig. Nach kurzer Pause folgte die zweite Runde.

Becky blies mich geil, dann leckte ich sie saftig, dann fickte ich sie als Hund. Ihr Arsch war perfekt geformt und auch hinten total rasiert. Kein Härchen funkelte mir entgegen. So liebe ich es! Ich knallte ihre Pobacken heftig an. Becky genoss es und arbeitete fleißig mit. Dann kam ich. Drachenhart! Schweißgebadet ließ ich mich fallen, doch Becky war noch nicht fertig. „Ich will auch kommen", stöhnte sie verzweifelt. Gut, soll sie. Ich legte mich auf sie, 69. Während sie meine Eier lutschte, leckte ich sie zu 2 heftigen Orgasmen.

Normal liegt bei 69 der Mann unten, aber diese Version hatte was. Kann ich jedem empfehlen, das mal auszuprobieren. Dann schliefen wir müde ein. Samstag war mein Rückflug. Erst um 16:10 Uhr. Um 12 musste ich die Pension verlassen. War klar, dass Becky und ich noch einmal bumsten. Diesmal ich als Missionar. Kommen wollte ich in ihren Mund, also ließ ich sie zu Ende blasen.

Herrlich war dieser Anblick, wie sie kniend blies und wichste, bis ich mich schüttelte und ihr ihre Belohnung schenkte. Dann duschten wir, zogen uns an, ich packte meine Koffer und checkte aus. Wir aßen noch zusammen, sie fuhr mich zum Flughafen, ich flog. Das war´s.

# Laetitia

Laetitia war eine mächtige Geschäftsfrau. Sie unterbreitete mir das Angebot, meine Firma zu kaufen. Klares Nein meinerseits, obwohl ihr Angebot großzügig war. Dieses erhöhte sie, doch ich hatte keinerlei Interesse zu verkaufen. Auch 1,5 Millionen oberdrauf konnten mich nicht umstimmen. Das Gespräch unter 4 Augen in meinem Office war ein freundliches, doch Laetitias Stimmung sank mit jedem Nein von mir. Schließlich ergriff sie ihren Hut und ging nach einer kühlen Verabschiedung. Ich war sie los, hatte meine Firma gerettet. Laetitia war eine bekannte Frau in der Szene, sie war gefürchtet, hatte bereits einige Firmen geschluckt und sich so weiter und weiter vergrößert. Macht wollte sie. Macht hatte sie. Sie war Mitte 40, reich verheiratet gewesen und sich noch reicher scheiden lassen. Sie hatte Ahnung vom Business, sie wusste genau, was zu tun war, erspürte Trends und war eine gewiefte Geschäftsfrau.

Lange, schwarze Haare, groß, hübsch, schlank, botoxiert. Wie eine attraktive schwarze Witwe erschien sie mir. Ein paar Tage nach dem Spuk rief sie mich an: „Ich lade Sie zu mir in meine Villa nach Starnberg ein. Ich möchte Ihnen ein Angebot unterbreiten, das Sie nicht abschlagen können." Gut, schaue ich mir die Villa halt mal an und höre, was sie zu sagen hat.

Laetitia wohnte krass schick. Ich hatte mächtig Respekt. Sie hatte Bedienungspersonal da. Nur keinen Mann. Kein Wunder. Sie empfing mich freundlich. Tischte Gutes zum Essen auf. Teuren Wein. Sehr teuren. Schmeckte gut. Dann wurde es geschäftlich. Sie bot mir tatsächlich nochmal 10 Millionen obendrauf für meine Firma. Den genauen Betrag kann ich aus datenschutztechnischen Gründen und zur Sicherheit meiner Firma nicht nennen.

Sagen wir es mal so: Von diesem Geld hätte ich aber sowas von ausgesorgt. Ich überlegte. Das Angebot war der Hammer. So viele hätte ich nicht mal selbst für meine Firma hingelegt. Ich haderte. Zum einen war das Angebot mehr als doppelt so hoch wie meine Schätzung, andererseits bin ich nicht käuflich. Ich liebe meine Firma!

Ich habe sie zu dem gemacht, was sie heute ist. Ich sagte Laetitia, dass ich das nicht hier und jetzt entscheiden könne und darüber nachdenken müsse. Ich bedankte mich bei ihr für das sehr gute Angebot und trank meinen Wein aus. Doch sie ließ mich nicht gehen. Ja, sie hatte sich extra schick für mich gemacht, da sie nicht nur mit mir essen wollte. Ihr Abendkleid muss eine halbe Million gekostet haben. Es war bestickt mit Diamanten und edlem Krimskrams. Sie führte mich hoch in den 2. Stock, in ein riesiges Schlafzimmer.

So groß wie ihr Schlafzimmer sind andere ganze Häuser! „Obendrauf gibt es noch mich", lächelte sie mich an und ließ ihr Kleid fallen. Ein verlockendes Angebot. Laetitia hatte nur noch Unterwäsche an, die ebenso teuer gewesen sein musste wie ihr Kleid. Sie sah mächtig aus. Hatte einen tollen Körper. Sie hielt sich fit. Viel Zeit zum Nachdenken hatte ich nicht, da der Trieb mit mir durchging.

Ich entschied mich für den Sex. Ich küsste sie und trug sie wie eine Göttin auf das riesige Bett, dass 4 x 4 Meter ausmachte. Dort zog ich mich ebenso aus und startete das Liebesspiel mit ihr. Sie hatte kein Interesse, mit ihren Händen oder mit ihrem Mund meinen Penis zu berühren, sondern wollte einfach ficken. Manchmal ist das geil, so direkt ein Fick, aber ich finde mit Vorspiel schöner. Laetitia wollte dominieren. Typisch. Sie gab mir ein Kondom in die Hand, ich musste es überziehen. Dann schob sie ihr Höschen beiseite und bestieg mich. Dabei drückte sie ihre Knie ordentlich in meine Brust hinein.

Ich glaube, sie wollte mir so ihre Macht präsentieren. Sie begann zu reiten, doch so toll war das nicht. So erfolgreich sie im Beruf war, so schlecht war sie im Bett. Sie ritt eigenartig. Außer Rhythmus und ungeschickt. Ich hielt hin und hoffte auf bessere Zeiten. Meine Versuche, die Oberhand zu gewinnen, blockte sie ab. So ritt sie mich schlecht, bis mir schlecht wurde.

Nachdem sie irgendwann gekommen war, mit rubbelnder Unterstützung ihrer eigenen Hand, stieg sie von mir herab. Dass ich nicht gekommen war, war ihr egal. Es interessierte sie nicht. Mich auch nicht, da dieser Orgasmus sicher einer der miesesten meines Lebens geworden wäre. Ich war froh, dass sie fertig mit mir war. Auch ich war fertig mit ihr.

Mit so einer gefühlskalten Frau werde ich keine Geschäfte machen! Ich verabschiedete mich höflich und fuhr nach Hause. 1 Woche später fasste ich den Mut, der schwarzen Witwe einen Korb zu geben. Meine E-Mail zeigte Wirkung: Sie rief mich sofort an. Beschimpfte mich und meinte, dass ich es sehr bereuen werde. Dann legte sie auf. Was sie meinte, bekam ich kurz darauf zu spüren. Eine Anzeige landete auf meinem Tisch. Mit Anschuldigungen, die überhaupt nicht stimmten. Purer Quatsch. Ich rief meinen Firmenanwalt an und faxte ihm den Wisch rüber. Mir war klar: Nun versuchte Laetitia mich zu zerstören, zu vernichten, vom Firmenindex auszuradieren. So begann ein lästiger Prozess, der mich fast meine Gesundheit kostete. Mir ging das Ganze sehr nah. Auch Andrea sorgte sich um mich.

Ich hatte schlaflose Nächte, weinte, hatte Kopfschmerzen und Magenkrämpfe. War einige Mal beim Arzt. Nahm Medikamente. Das anwaltliche Hin-und-Her dauerte ganze 4 Monate. Gott sei Dank ist mein Anwalt einer der allerbesten. Vor Gericht wurde ich schließlich komplett entlastet und die Laetitia musste den ganzen Scheiß zahlen.

Inklusive Imageverlust, da die Öffentlichkeit über diese von ihr initiierte Schlammschlacht berichtete. Sie hatte Schaden genommen. Nicht mein Fehler. Ich war dankbar, meinen Mann gestanden zu haben. Und so stolz auf mich und mein Durchhaltevermögen. Möge die Fotze in der Hölle schmoren!

# Amalia; Susanna

Susanna reichte eine Initiativbewerbung ein. Sie gefiel mir sofort. Eine hübsche, junge Frau, 24, mittellange, blonde Haare, Top-Figur. Sie hatte ihr Studium abgeschlossen und suchte nun nach ihrem ersten Job. Den bekam sie bei mir. Als Projektassistentin stellte ich sie ein und band sie an mich und meine Tätigkeiten. Wir verstanden uns super. Waren sofort per Du. Susanna kam gerne zur Arbeit und konnte die Aufgaben gut umsetzen. Oft mit eigenem Bonusinput. Auch gegen Überstunden hatte sie nichts. Wenn es mehr zu tun gab, war sie freiwillig dabei. Das belohnte ich, indem ich sie zu meinem nächsten Geschäftstrip mitnahm.

Wir reisten nach Holland, um die neueste Ninja-Staffel vorzubereiten. Produziert wurde sie dann von den gelben Käsefressern, aber unser Wissen war wichtig, um die Show mit deutscher Qualität zu versehen. 1 Woche dauerte die Vorbereitung. Für 5 buchte ich 5 Zimmer in einem Hotel. Mit dabei waren außer Susanna und mir Skripter Jess, Kameramann Houdini und Produktionsleiterin Karla. Der erste Arbeitstag war hart. Umso glücklicher waren wir, also wir um 20 Uhr die Schicht beendeten und uns mit unseren holländischen Kolleginnen und Kollegen auf den Weg zu einem Italiener machten.

Leckere Pizzen konnte der zaubern. Susanna saß neben mir und es war ein lustiger Abend. Ich hatte vor, in dieser Woche Sex zu haben, wusste aber noch nicht, mit wem. An Sex mit Susanna hatte ich schon gedacht, aber noch hatte sich nichts ergeben. Aber die Blondine mochte mich, das spürte ich. Es war spät, als die Holländer für alle zahlten. Team Germany wanderte ins Hotel und jeder ging auf sein Zimmer. Wir hatten die Zimmer auf dem Flur verteilt. Susanna und ich wohnten nebeneinander. Zimmer an Zimmer.

Die anderen waren ein Räume weiter. Nachdem ich geduscht hatte, legte ich mich aufs Bett, telefonierte mit Andrea und machte es mir gemütlich. Doch ich hörte Stöhnen von nebenan. Vom Zimmer, in dem Susanna war. Ich hörte eine weibliche und eine männliche Stimme. So ein Luder!

Sie trieb es also mit einem Penner. War es einer meiner Jungs oder ein holländischer Käsewichser? Ich ärgerte mich. Warum war es nicht ich? Ich holte mir noch einen runter, dann schlief ich ein. Susanna sah beim Frühstück zerzaust aus. Verständlich, nach dem Fick. Trotzdem schafften wir den Tag gut und saßen abends wieder beim Italiener. Ich überlegte, wie ich Susanna darauf ansprechen konnte, aber wollte noch abwarten. Eine aus dem holländischen Team, Amalia, hatte derweil ein Auge auf mich geworfen. Sie war nichts Besonderes, weitaus unattraktiver als Susanna, aber ein Fick ist ein Fick. Eine Durchschnittsfrau von nebenan.

Beim Abendessen saß sie neben mir und legte verdeckt ihre Hand auf meinen Oberschenkel. Ich wusste genau, was das zu bedeuten hatte. Dann schob sie mir einen Zettel mit einer Botschaft zu. Ich nickte, damit war die Sache geritzt. Beim Verabschieden flüsterte ich ihr meine Zimmernummer zu und bat sie, in 30 Minuten zu kommen. Tat sie. Sie huschte herein und grinste. Amalia war 29 und Produktionsassistentin. Ich verstand mich gut mit ihr während der Arbeit, nun auch im Bett? Von Susannas Zimmer hörte ich diesmal nichts. Sie war wohl heute alleine. Ich aber nicht!

Ich betrachtete die unscheinbare Kollegin: Sie war optisch nicht meine erste Wahl, aber irgendwie süß. Ich schlug eine gemeinsame Dusche vor. Amalia willigte ein. Als wir uns auszogen, sah ich ihren Körper. Der war wie sie: Durchschnittlich. Unter der Dusche fanden die ersten Berührungen statt. Ich seifte sie ein, sie mich. Ihre Brüste hingen ein wenig, eine war größer als die andere. Amalia hatte eine lange Narbe am Blinddarm. Ihr Po hing etwas. Ich schätzte sie auf 64 kg bei 1,69 m. Ihre Brille hatte sie unter der Dusche ab. Ich brauche keine.

Amalia seifte mich liebevoll ein, auch meinen trainierten Po. Dann meinen Penis, der Reaktion zeigte und zum Dong wurde. Sie kicherte. Dann ging es ins Bett. Ich fragte sie, ob sie bestimmte Wünsche habe. Sie verneinte. Gut, dann machen wir es, wie ich es will. Ich legte mich auf sie und küsste sie. Sie küsste genauso wie sie aussah: Durchschnittlich. Dann küssten wir mit Zunge. Sie zungenküsste wie sie aussah: Durchschnittlich. Schließlich wanderte ich zu ihrer Scham.

75

Diese sah durchschnittlich aus, nichts Besonderes. Etwas schief und schlaff, trotzdem fuckable. Zuerst leckte ich sie glücklich. Ihre Pussy schmeckte … durchschnittlich. Amalia hatte einen kleinen Büschel Schamhaare stehen, dunkelbraun, genauso wie ihre langen, glatten Haare. Der Womanizer wird mit jeder Pussy fertig. Ich leckte sie zu 2 Orgasmen. Sie schrie laut, das könnte Susanna gehört haben. Nun bat ich Amalia, mir etwas Gutes zu tun. Sie nahm meinen Dick in die Hand und startete mit einer Handjob- und Blowjob-Kombi. Diese war genauso wie sie aussah: Durchschnittlich.

Sie trug 3 Ringe an jeder Hand, die spürte ich um meinen Schwanz. Auch ihr Zungen-Piercing machte sich bemerkbar. Dann schlug ich Ficken vor. Ein Kondom hatte sie. Ich zog es mir auf und spielte den wilden Missionar. Hart fickte ich sie. Sie lag passiv da und hatte ihren Spaß. Dann machte ich Löffelchen, seitlich von hinten. So fühlte sie sich besser an. So wollte ich kommen. Tat ich. Nach 5 Minuten in dieser Stellung jagte mein Sperma durch meinen Körper und ergoss sich im Gummi. Wir waren zufrieden. Schlafen wollte ich alleine, dafür war mir Amalia zu durchschnittlich.

Am nächsten Morgen schaute mich Susanna schief an. Sie hatte mich wohl gehört. Das war gut so, schließlich hatte ich noch ein Ass im Ärmel. Tatsächlich zog sie mich beiseite: „Na, da hat aber gestern einer seinen Spaß gehabt", pöbelte sie mich augenzwinkernd an. „Genauso, wie eine bestimmte Dame vorgestern ihren Spaß hatte." Treffer. Damit hatte sie nicht gerechnet. „Hast Du das gehört?" „Ja, und wie", grinste ich. „Du warst sehr laut dabei." „Na, dann sind wir quitt", schnipste sie und ging weiter.

Drehte sich aber um zu mir und lächelte mich süß an. In der Mittagspause, die keine war, griff ich sie mir: „Und, kann ich heute Abend wieder mit Lärm aus Deinem Zimmer rechnen?" „Was heißt Lärm? Eher Lust und Spaß." „Okay, also: Kann ich heute Abend wieder mit Lust und Spaß aus Deinem Zimmer rechnen?" „Mal sehen. Und Du: Kann ich heute Abend mit Lärm aus Deinem Zimmer rechnen?" „Was heißt Lärm? Eher Lust und Spaß." „Okay, also: Kann ich heute Abend wieder mit Lust und Spaß aus Deinem Zimmer rechnen?"

„Mal sehen." Perfekter Konter. Ich ließ sie stehen. Sie mir hinterher: „Sag mal, wer war denn die Glückliche?" „Wer war denn der Glückliche?" „Sag ich nicht." „Sag ich nicht." So neckten wir uns immer wieder bis zum Abend. An den Blicken des holländischen Kollegen Ruud hatte ich erkannt, dass er Susannas Fick gewesen war. Betonung liegt auf war. Sie schien ihn nur für ihre Bedürfnisse benutzt zu haben, dann abserviert. Ich beschloss, aufs Ganze zu gehen. Während des Abendessens fragte ich Susanna: „Hat sich der Abend mit Ruud gelohnt?"

Sie schaute mich mit großen Augen an: „Woher weißt Du, dass er es war?" „Ich weiß es einfach." „Hat er es erzählt?" „Nein." „Woher weißt Du es?" „Erfahrungswerte", lächelte ich souverän. „Wer war Deine?" „Sag ich nicht", grinste ich. Susanna wusste es nicht. Das machte sie ganz verrückt. Jede hätte es sein können. Aus jedem Team, aber auch eine Externe. Amalia verhielt sich unauffällig. „Hast Du heute Abend wieder weibliche Gesellschaft?", fragte mich Susanna. „Warum willst Du das wissen?", fragte ich. „Nur so." „Sagen wir es mal so", nutzte ich die Gunst der Stunde:

„Ich könnte problemlos heute Abend wieder weibliche Gesellschaft haben, dieselbe wie gestern. Aber ich bin auch offen für Neues." „Warum schaust Du mich dabei so intensiv an? Denkst Du an mich?" „Ja", gab ich zu. „Und was sagt Dir, dass ich Interesse haben könnte?" „Keiner sagt das. Ich stelle es einfach in den Raum. Gib mir bis um 22 Uhr Bescheid, ob Du magst oder nicht, sonst organisiere ich mir das Bewährte von gestern. Wenn ich die Wahl hätte, wärst Du klar meine Nummer 1." Susanna wurde mucksmäuschenstill. Sie überlegte.

Es war 21:30 Uhr, sie hatte noch eine halbe Stunde, um Ja oder Nein zu sagen. Susanna hatte sich entschieden, denn es dauerte keine 2 Minuten, bis sie mir ein Ja ins Ohr hauchte. Somit stand für mich fest: Amalia war nicht mehr interessant. Ihr sagte ich beim Abschied ab für den Abend, sie musste es hinnehmen. Wir Deutschen gingen in unser Hotel. Als alle auf ihren Zimmern waren, gingen ich und Susanna in meines. „Soso, Du hast also Ja gesagt", mobbte ich sie. „Ja, bevor Du wieder mit Amalia in die Kiste springst, schnappe lieber ich mir Dich." „Woher weißt Du, dass sie es war?" „Ich weiß es einfach."

„Hat sie es erzählt?" „Nein, hat sie nicht." „Woher weißt Du es dann?" „Erfahrungswerte", lächelte Susanna. „Na gut. Ich habe es an ihrem Blick gesehen. Sie war sehr traurig." Recht hatte meine Begleiterin. Susanna entschuldigte sich ins Bad. Ich hörte die Dusche brausen und den Fön föhnen. die Toilette wurde gespült. Dann kam meine Angestellte auf mich zu. Sie trug dasselbe wie vorhin: Rock und Top. Die Jeansjacke lag auf einem Stuhl. „Ich auch noch", deutete ich aufs Bad, „mach es Dir derweil gemütlich." 5 Minuten später war ich wieder da. Ich hatte damit gerechnet, dass die Süße nackt in meinem Bett lag. Aber sie war nirgends zu sehen. Hatte sie das Weltall geschluckt?

Wurde sie vom schwarzen Loch gefressen? Hatte sie kalte Füße bekommen? Plötzlich hörte ich Geräusche an meiner Tür. Jemand zog eine Karte durch und öffnete sie. Wer war das?! Susanna. „Sorry, ich war nebenan, habe mir Pfefferminz-Drops geholt. Magst Du auch?" Ich nickte. Sie gab mir welche. Ich stand da, nur mit einem Handtuch bekleidet. „Magst Du mal schauen, was sich darunter befindet?", lockte ich sie. Sie grinste. Zog sich ihr Top und den BH aus, zum Vorschein kamen perfekte Frauenbrüste. Die waren schöner als die Durchschnittshupen von Amalia. Definitiv!

Oben ohne, nur im Rock, küsste sie mich zärtlich und fasste mir ans Handtuch. Dann unters Handtuch. „Jetzt bin ich Deine Amalia", flüsterte sie und riss mir in einem Zug das Tuch weg. Schon spürte sie die lange Lanze an ihrem Bauch. „Und, wie war Amalia im Bett?" „Nichts Besonderes. Durchschnittlich. Und wie war Ruud?" „Nichts Besonderes. Durchschnittlich." Wir lachten. „Dann wollen wir hoffen, dass das mit uns besser wird", trug ich die Oben-ohne-Frau aufs Bett und ließ sie fallen.

Dabei wehte ihr Rock hoch und offenbarte, dass sie nichts darunter hatte. Ich streifte ihr den Rock weg und betrachtete sie. Susanna war schön. Sehr schön! Ihr Gesicht strahlte so viel Erotik aus. Ihr Körper noch mehr. Sie hatte Nippel-Piercings links und rechts. Eines am Bauchnabel. Unten auch welche. 2 konnte ich erkennen, 2 weitere waren versteckt, die erkannte ich später. Ein brauner Strich Schamhaare schmückte ihre Pussy. „Was hast Du alles mit Ruud gemacht?"

„Das komplette Programm. Und Du mit Amalia?" „Das komplette Programm." Lachflash beidseits. Susanna war eine der härteren Sorte. Sie ging ab beim Sex. Sie küsste sehr intensiv, biss mir dabei mehrfach in Zunge, Lippen und Mund. Tat nicht sonderlich weh, tat aber etwas weh. Dann rubbelte ich sie heiß. Sie wollte es mit viel Druck. Zwischen den Intim-Piercings gar nicht so einfach, ich wollte sie nicht verletzen. Dann machte ich oral. Auch hier arbeitete ich mit viel Druck, das liebe sie. Sie kreischte wie Schmidts Katze und stöhnte laut, viel lauter als Andrea. Als sie kam, riss sie mir fast die Haare vom Kopf aus.

Gleichzeitig krallte sie mir in die Oberarme, tat weh, aber ich wollte nicht stoppen. Susanna sollte brutal kommen. Susanna erlebte so 3 Höhepunkte. Während sie ausschnaufte, betrachtete ich meine Wunden. Nichts blutete, aber sie hatte ihre Kampfspuren hinterlassen. „Jetzt revanchiere ich mich. Leg Dich hin und entspanne Dich, Chef." Von Entspannen konnte keine Rede sein, denn ihr Griff um meinen Penis war eine halbe Quetsche. Mein Gott, griff die zu!

Solche Frauen hatte ich schon gehabt, die meinen Penis hart umfassten und drückten. Jede greift ihn anders. Manche sanft, manche fest. Susanna griff sehr fest. Noch nicht ernsthaft schmerzhaft, aber kurz davor. Wollte sie mir meinen Saft so herauspressen? Als sie anfing zu wichsen, bekam ich einen leichten Kopfdruck. Der Druck um meinen Schwanz suchte einen Ausweg. Dann mit dem Mund. Susanna bevorzugte einen härteren Blowjob-Stil, welch Wunder. Ihre Lippen waren fest um meinen Dick, ich spürte Zähne knabbern.

Alles aber noch im Bereich des Erträglichen. Und doch war es geil, wie sie es machte, denn sie wusste, was sie tat. Sie handjobbte mich mit Mund weiter, bis ich mein Becken nach oben drückte, da ich wusste, dass ich bald kommen würde. Energisch drückte sie es nach unten. Ich nach oben. Sie wieder nach unten. Um es unten zu halten, setzte sie sich auf meinen Bauch. Also mit dem Rücken zu meinem Gesicht. Ihre etwa 55 kg spürte ich deutlich. Aber irgendwie gefiel es mir, so dominiert zu werden. Entschlossen wichste sie weiter, bis ich kam. Sie presste fest zu und mein Samen schoss heraus. Mein Körper zuckte wie verrückt, doch Abwerfen konnte ich sie nicht.

Sie war stärker. Es muss eine Menge Sperma gewesen sein, dass aus mir herausschoss, denn als sie fertig war, losließ und sich umdrehte, war sie so voll, als wenn 3 Männer auf sie ejakuliert hätten. Es war ein harter, aber geiler Sex gewesen. „Jetzt haben wir leider Ficken vergessen", mahnte Susanna mit erhobenem, spermavollem Zeigefinger. Ich erhob ebenso meinen Zeigefinger und meinte: „Da hast Du Recht. Daher werden wir das in einer Stunde nachholen." Susanna reinigte sich und sprang zu mir zurück. Wir genossen unsere Nähe und ich ihre Hand, wie diese auf einmal ganz sanft sein konnte.

Während wir plauderten, streichelte sie hauchzart meine Eier und meinen Penis. Das tat gut! Es entspannte mich, gleichzeitig erregte es mich. So kam es, dass ich 20 Minuten später wieder bereit war. Sie hatte gemerkt, dass mein Penis in ihrer Hand gewachsen war, denn sie wechselte zum festen Griff. „So, dann ficken", stöhnte sie und zauberte ein Gummi hervor. Ich war gespannt, ob sie es wieder härter brauchte. Ich startete Doggy von hinten. Ich knallte schon zu Beginn ganz schön, aber das schien sie nicht zu stören. Im Gegenteil: Dieses Luder mochte es auf die harte Tour. Und die harte Tour beherrsche auch ich.

Gewaltig stieß ich zu, gewaltig stöhnte sie. Ich klatschte mit meiner Hand auf ihren Po. „Ja, geil, weiter", rief sie. Sie wollte also auch geschlagen werden. Nicht mein Ding, aber ich tat ihr den Gefallen. 5 Minuten später war ihr Arsch so rot wie Tomatenketchup. Ich hatte ihr ordentlich Klapse gegeben. Nun wollte sie reiten. Auch hier setzte sich ihre Leidenschaft für das Heftige fort. Sehr dominant ritt sie auf mir und ließ sich immer wieder, wenn sie oben war, heftig, ohne Rücksicht auf meine Verluste, auf mich zurückfallen. Meine Eier wurden ein wenig gequetscht, aber ich hielt es aus.

Susanna ritt sich in einen Wahn hinein. Sehr leidenschaftlich. Sehr kräftig. Sehr lasziv. Sehr tonangebend. Ich lag da und beobachtete sie. Diese Frau hatte keine Probleme mit ihrer Sexualität. Die wusste, was sie wollte, und wie sie es wollte. Die Frau war mehr als Durchschnitt. Irgendwann kreischte sie und kam. Das war krass, den ich spürte ihre Scheide zucken wie ein Affe unter Strom. Dieser Strom bewirkte auch meinen Cumshot. Erschöpft waren wir beide danach. Aber glücklich.

„Du bevorzugst die härtere Tour, stimmt's?", fragte ich sie. „Ja, schon immer. Kuschelsex ist nichts für mich. Ich muss es intensiv haben, mich spüren, ihn spüren. Das ist Sex." Sie durfte bei mir schlafen. Also schlief sie bei mir. Amalia versuchte am nächsten Tag ihr Glück bei mir für den Abend, aber ich zog ihr den Zahn. So traurig sie war, so klar war mein Entschluss: Die Abende und Nächte gehörten Susanna. Die hatte ich zuvor über ihre Absichten befragt. Und sie meinte: „Klar, gerne mit Dir." So verbrachten wir weitere heiße Sex-Events zusammen in meinem Zimmer. Wir fickten uns gegenseitig hart. Wenn ich sie stieß, tat ich dies mit viel Dampf. Wenn sie auf mir ritt, ritt sie nicht nur meinen Dick. Einmal musste ich sie bremsen, als sie anfing, meinen Steifen zu schlagen. Mag ich nicht!

Ruinierte Orgasmen sind auch nicht mein Ding. Wichsen oder Blasen, bis es kommt, dann loslassen und zugaffen, wie es kommt. Zehnmal Nein! Ich mag es mit durchgängiger Bearbeitung, jawohl. Warum soll ich mir meinen Höhepunkt zerstören? Schon krass, dass manche auf so etwas stehen. Nach dieser Woche war aber auch klar, dass unser Sex-Spiel ein Ende haben musste, wir waren zurück im normalen Leben. Susanna war zwar Single, sie konnte tun und lassen, was sie wollte.

Aber ich hatte einiges zu verlieren. Wir beschlossen, wenn sich die Gelegenheit ergibt, daran anzuknüpfen. Der Sex mit ihr war gut gewesen, aber sie war mir ein wenig zu Sadomaso drauf. Zu hart, zu dominant. Susanna arbeitet bis heute für mich. Aber nicht mehr so eng wie zum Start. Ich versetzte sie in eine andere Abteilung und sehe sie jetzt nur noch einmal wöchentlich zum Meeting. Alles gut zwischen uns.

# *Jackie*

Jackie heißt eigentlich Jacqueline, will aber immer nur „Jackie" genannt werden. Ich lernte sie vor kurzem kennen, als ich eine Fortbildung gab. Sie war Kursteilnehmerin. Eine von 3 Frauen. Wir verbrachten 2 Tage zusammen. Die anderen beiden Damen waren auch sehr nett, aber nicht hübsch. Johanna eine 120-kg-Frau, 28 Jahre dick, aber sehr lustig. Franziska Ende 40 und heiser. Jackie war 34 und machte mir von Anfang an hübsche Blicke. Sie war zu Dreiviertel tätowiert. Ihre Finger hatten Tattoos, ihre Arme waren komplett verziert. Ihr Dekolleté war bunt bedruckt. Der untere Rücken. Das linke Bein. Und, wie sie sagte, sei das noch lange nicht alles. Weitere Tattoos in Arbeit.

Seitlich unter dem Ohr ein Kreuz-Tattoo. Aufgelaserte Augenbrauen und rot umschminkte Augen. Sie war ein Blickfang. Lange, hellbraune Haare, ihre sexy Figur reizte mich sehr. In den Pausen suchte sie meine Nähe. Sie sprach, dass sie Single und gute Männer schwer zu finden seien. Ich bestätigte ihr das. Auch an Tag 2 hatte sie ihre Meinung über mich nicht geändert. Sie wollte mehr von mir. Ich auch von ihr. Jackie hatte sich einen Vorwand ausgedacht, mich nach dem Seminar anrufen zu müssen im Office.

Ich erkannte ihren Trick und ließ mich austricksen. So klingelte sie sexy durch. Jackie kam ins Plaudern, bedankte sich für den super Lehrgang und fragte mich, ob ich Zeit und Lust auf einen Drink hätte. Ich sagte zu. Wir trafen uns 4 Tage später am Nachmittag in einer Bar nahe meiner Firma. Die Tätowierte kam aufreizend: Kurzer Rock, der mir ihre Beinkunst vorstellte. Bauchfreies Top, der auch den anderen Gästen zeigte, dass hier eine interessante Frau stand. Sie war echt süß.

Vom Charakter her harmlos, verletzlich, daher der ganze Körperschmuck als Schutzmechanismus. Sie erzählte, dass sie zeitlebens von Männern verletzt wurde. Schlechte Beziehung zum Vater, der sie oft geschlagen hatte, sie wurde von all ihren Ex-Freunden betrogen. Das war also ihre Reaktion darauf. Sie fragte mich nach meinem Leben. Ich antwortete: „Ich bin in einer Beziehung, aber wir führen eine offene."

Sie akzeptierte meine etwas geflunkerte und doch reale Ist-Situation. Jackie intensivierte den Flirt. Ich machte mit und fragte sie über ihre Tattoos aus. Sie erklärte mir ihre Geschichten und ließ tief blicken. Sie verriet mir, dass auch ihre Brüste tätowiert seien, ebenso ihr Po. Auch ihr Schambereich hätte Schmuck zu bieten. Irgendwann meinte sie: „Ich kann es Dir zeigen, wenn es Dich interessiert." Ja, es interessierte mich! Sie wohnte in Bad Wörishofen. Ich hatte folgende Idee: „Wenn Du magst, komme ich Dich mal besuchen." Darauf hatte sie Lust. Wir vereinbarten einen Thermentag in der Therme dort.

Meiner Gattin erzählte ich von einem Auswärtstag in Bad Wörishofen. „Dort muss ich kurzfristig eine Schulung halten. Dauert den ganzen Tag. Ich werde mir ein Hotel nehmen und abends in die Therme 2 Stunden gehen. Die soll sehr schön sein, ähnlich wie unsere in Erding. Ich komme am Tag darauf gegen Mittag wieder." Andrea gab mir ihren Segen. Ich erzählte Jackie von meinem Plan der Übernachtung, und sie meinte: „Du kannst gerne bei mir schlafen. Ich habe eine Couch frei." Ich war mir sicher, dass es das Bett werden würde, also sagte ich Ja.

Freudig gespannt fuhr ich nach BW. Wir hatten Treffpunkt 10 an der Therme vereinbart. Da stand sie, tätowiert und glücklich, mich zu sehen. Wir checkten ein, ich lud sie ein. 80 Euro später begaben wir uns auf den Weg zu den Umkleiden. Ich wollte nicht aufdringlich sein, also schloss ich mich alleine ein. 5 Minuten später trafen wir uns im Bademantel. Wir wollten ins Heilwasser. Jackie ließ ihren Mantel fallen und ich sah mehr von ihr: Das komplette linke Bein war tätowiert. Der Fuß, alle Zehen. Rechts war noch blanko. Aber das sollte sich ja bald ändern. Sie trug einen schicken Bikini und ein passendes Höschen, beides in schwarz. Ihr Körper war schön.

Jung und mädchenhaft von der Silhouette. Ihre Brüste klein. Alle schauten sie an. Eine Außerirdische war sie nicht, vielleicht ein Alien? Im Wasser machten wir es uns gemütlich. Wir relaxten. Plauderten. Trugen uns gegenseitig durchs Wasser. Alles harmlos. Flirteten. Nach 2 Stunden hatten wir Lust auf die Saunalandschaft. Als sie ihre nassen Sachen auszog, hatte ich Adleraugen. Was ich sah, war krass-schön. Beide Brüste waren überdeckt von einem Symbol, das bis zum Bauch ging.

Nippel-Piercings rechts und links. Ihre Pobacken waren dicht. Ihre Muschi trug statt Schamhaaren ein Meisterwerk. Ein Picasso? Oder ein van Gogh? Dali? Diese 34-Jährige hatte viel an ihrem Körper machen lassen. Aber es gefiel mir bei ihr. Jackie stand ihre fixe Körperbemalung. Wir gingen in die Rosensauna. Bei gutem Duft betrachtete ich ihren Body und wurde geil. Bevor er steif wurde, hielt ich ihn mit eiskaltem Wasser zurück. Wir legten uns hin. Im Mantel wieder. „Du bist sehr hübsch", lobte ich sie. „Du auch", lobte sie mich. Sie nahm meine Hand. Wir hielten Händchen. Irgendwann hatte sie Hunger. Wir wollten es Zwölfe sein lassen und aßen Pommes und Schnitzel.

Dazu Cola. Zurück ins Wasser. Sie wollte getragen werden. Ich spürte ihren geilen Po unter meinen Händen. Ich trug sie so, dass meine Finger ihr vorsichtig zwischen die Beine griffen und ich mehr als nur ihren Po spürte: Nämlich ihr A-Loch und Teile ihrer Schamlippen. Sie spürte das und ließ es zu. Mit geschlossenen Augen genoss sie. Ich starrte auf ihren schwebenden Körper. Geil! Dann wollte sie mich tragen.

Auch ihr Griff war mehr als ein Po-Griff. Sie hielt meine Hoden mit. Ganz sanft. Ich ließ mich treiben und genoss es, ihre zarten Hände so subtil an meinem Körper zu spüren. Mein Penis war über Wasser. Er wurde steif. Sie nutzte das schamlos aus und streichelte dezent meine Hoden mit ihren Fingerspitzen. „Lass mich runter: Muss nicht jeder sehen, dass er steif wird", grinste ich. Wir nahmen uns die nächste Sauna vor: Eine Unterirdische mit Sole. Die war heiß. Wir schwitzten gut. Danach in einen Whirlpool. Unter Wasser blubberten nicht nur die Blasen.

Auch ihre Hände waren aktiv. Plötzlich spürte ich ihre rechte Hand an meinem Dick. Sah keiner, da es schäumte. Ich zwinkerte ihr zu. Sie lächelte süß. Sie hatte kleine Hände und kleine Finger. Doch diese wussten genau, was ein Dong möchte. Sie streichelte ihn sanft und nahm ihn in ihre Hand. Keiner der anderen 2 Whirlpool-Gäste bemerkte dies. Sie wichste ja nicht, sondern hielt ihn nur und streichelte vorsichtig. Schnell wurde er knallhart. Sie grinste. Nun wanderte auch meine Hand unbemerkt ihr zwischen die Beine. Ich spürte etwas Metall. Gepierct war sie also auch unten. Ich streichelte ihr über den Venushügel, über die Schamlippen, über das Piercing.

Korrektur: Die Piercings. Und steckte meinen Zeigefinger etwas in ihre nasse Höhle. Jackie atmete schneller, aber unauffällig. Endlich verließ das ältere Paar unsere Sex-Wanne, doch ein anderes kam rein. Nach 20 Minuten im Blubber-Bad wanderten wir weiter in Sauna 3: Eine neblige. Irgendwann flüsterte mir Jackie ins Ohr: „Komm mal mit." Sie schleifte mich in einen Seitbereich, wo Duschkabinen waren. Die konnte man von innen abschließen. Sie sperrte ab, dann küsste sie mich. Auf Zehenspitzen, denn ich war größer als sie. Ich umarmte sie und spürte ihren Körper. Sie ließ die Dusche voll duschen, also hörte uns niemand. Während das Wasser seitlich einschlug, kniete sie und startete ihren Blowjob.

Gut blies sie! Ihr Zungen-Piercing fühlte sich spannend an. Unser Liebesspiel in der Wasserkabine konnte keine 30 Minuten dauern, das war klar, also gab Jackie Gas, mich schnell zu befriedigen. Sie blies mit Unterstützung ihrer Hand. Ihre tätowierten Finger umfassten meinen Dick Dong genau richtig vom Druck her. Sie blies geil und schaute immer wieder hoch. Nach 5 Minuten kam ich. Ich informierte sie über mein Vorhaben. Sie stöpselte aus und wichste auf ihre Brüste. Die konnte sie danach abwaschen und so sämtlich Spuren beseitigen.

Dann öffneten wir die Tür und gingen zurück ins Wasser. Keiner hatte etwas mitbekommen. Von Jacqueline musste ich mehr haben! Der Abend würde sicher aufregend werden. Als es dunkel wurde, drängte ich sie zum Gehen. Sie wäre gerne geblieben, romantische Stimmung und so, aber ich versprach ihr eine tolle Massage. 15 Minuten nach Verlassen der Therme betraten wir ihre Wohnung. Es war eine verrückte 3-Zimmer-Wohnung, 70 qm. Sie holte uns Bier aus dem Kühlschrank und wir stießen auf eine tollen Tag und einen noch schöneren Abend an.

„Du hast mir eine Massage versprochen", startete sie den erotischen Teil. „Ja, habe ich", nickte ich. „Mach Dich frei und lege Dich auf den Bauch." Tat sie. Ich machte mich frei und startete, ihren bebilderten Körper zu erkunden, mit Creme. Ihre Haut fühlte sich gesund an. Anders, aber gesund. Ihr Po war wunderschön. Ich griff ihr zwischen ihre Beine und tastete ihre Schamlippen von hinten unten ab. Gefiel ihr sehr. Sie hob ihr Becken an.

Ich glitt weiter und hatte auch ihre Schamlippen in der Hand. Schnell merkte ich, dass sie diese Streichelposition mochte. Ich begann mit der Stimulierungsarbeit. Streichelte ihre unteren Lippen, spielte mit den Piercings und flutschte in ihre Höhle rein. „Ah, Oh", stöhnte sie. „Ja, wunderschön." Ich machte weiter wunderschön. Meine Bewegungen wurden präziser. Ich bearbeitete ihre Clit. Die wuchs auf Erbsengröße heran. Ein paar Minuten später fing sie an zu zucken. Sie stöhnte ihre Lust ins Kissen. Ihr Körper war steif wie ein Brett, als sie kam. Dann zuckte er wild, danach erschöpfte er sich.

Schließlich drehte sie sich um, küsste mich und sagte: „Danke, das war mega! Kannst Du es nochmal machen?" Klar. Der Womanizer kann alles! Wieder streichelte ich ihren Po und glitt ihr über die Innenseiten ihrer Schenkel unter ihr Becken. Sie hob ihre schmalen Hüften an, während ich ihre Schamlippen streichelte. Ich spürte ihre immer noch erbsengroße Stecknadel, die mächtig pulsierte. Sehr aktiv war sie und gut durchblutet. Der Champ stimulierte Jackie so gut, dass 2 weitere Höhepunkte folgten. Erschöpft senkte sich der bemalte Körper und die Kleine schnaufte ins Kissen aus.

Als sie sich umdrehte, hatte sie einen hochroten Kopf. Ja, Sex kann ganz schön anstrengend sein, selbst passiver. Sie drückte mich fest. „Massierst Du mich auch?", fragte ich sie. „Klar", nickte sie und holte eine Flasche Öl. Sie legte ein Handtuch aufs Bett und ich mich darauf. Es wurde eine sehr erotische Massage. Jacqueline nutzte viel Öl und machte Body-to-Body mit mir. Sie glitt und rutschte mit ihrem Körper auf meinem herum, dass es nur so flutschte. Geil war es!

Ich lag auf dem Rücken und genoss, wie sie akrobatisch die Arbeit einer Sex-Workerin verrichtete. Dann drehte ich mich um. Körper auf Körper machte sie mich heißer und heißer. Endlich widmete sie sich meinem Schwanz, der ihr stehend zu verstehen gab, dass nun seine Zeit gekommen war. Mit viel Öl streichelte sie ihn ölig und startete die Handarbeit, die sie gekonnt mit dem Mund begleitete. Sie masturbierte sehr gut. Ihre Hände hatten den perfekten Grip. Ihre Tattoos schenkten mir das gewisse Etwas. Es hätte noch so 60 Sekunden gedauert, da kam sie auf die Idee: „Ich möchte mit Dir schlafen."

„Machen wir später, Süße, jetzt mach es so zu Ende. Ich komme gleich." Sie nahm ihre finale Position ein. Seitlich über meinen Oberkörper legte sie sich, sodass ich ihren Rücken sah. Große Augen schauten mich an. Meinen Penis sah ich nicht. Aber ihr Griff war umso besser. In dieser Position durfte sie es zu Ende machen. Mit Temposteigerung bewirkte sie dies: Ich spritzte ab. Mein zweiter Orgasmus gefiel mir ungemein. Aber ich wusste: Ein dritter würde folgen. Eine kuschelige Stunde später fickte ich sie. Ich habe in meinem Leben schon unendlich viele Frauen gefickt, aber eine derart tätowierte war neu. Ihr Körper wollte es zärtlich, nicht hart.

Gemütlich schob ich ihr meinen Knüppel ein und startete die Mechanik. Vor, zurück, vor, zurück. Jackie genoss. Sie wollte Doggy. Ich betrachtete die Muster auf ihrem Po. Dann durfte sie reiten. Rücklings. Sexy bewegte sie sich, aber rücklings war nicht ihre Stärke. Vorwärts mehr. Ihre Waden leisteten exzellente Muskelarbeit. Hoch und runter hob und senkte sich ihr Becken. Mein Penis war zu sehen, war nicht zu sehen, war zu sehen, war nicht zu sehen. Bis an den Anschlag verschlang sie ihn. So wollte ich abspritzen. Tat ich auch. 5 Minuten später.

Starke Sexgefühle durchströmten meinen Körper. Obwohl es mein dritter Orgasmus war, staunte sie über die Menge meines Spermas im Kondom. Wir bekamen Hunger. Bestellten Pizzen. Dinierten köstlich zu gutem Wein. Dann machten wir es uns auf dem Sofa gemütlich. Schauten einen Film. Zum Schlafengehen hin fragte mich die Tattoo-Frau, ob ich noch einmal kommen könne. Ich bejahte. Sie jubelte. Wir fickten nochmal. Diesmal war ich der durchweg Aktive.

Ich bumste sie von vorne, von hinten, von oben, von unten, von der Seite. Ich bumste schnell und langsam. Zart und nicht hart. Und doch intensiv. Jacqueline stöhnte viel und lieferte eine nette Musikkulisse für dieses Spektakel. Sie kam in Löffelchen. Danach nochmal als Reiterin, als sie zu meinen Stößen ihre Pussy rubbelte. Irgendwann war meine Konzentration gebrochen. Ich musste cumshooten. Riss mir davor das fast gerissene Kondom herunter und wichste mich selbst zum point of no return. Als ich diesen erreichte, übergab ich Jackie. Sie griff zu und übernahm mit dem Mund. So kam ich in ihren Mund.

Mit allem, was ich noch zu bieten hatte. Und das war viel. Der Rotschopf schluckte alles. Nun war ich leer und müde. Arm in Arm schliefen wir ein. Am nächsten Morgen klingelte der Wecker um 8. Ich erklärte ihr, dass ich gegen 12 fahren müsse. Wir hatten noch Zeit für uns. „Darf ich ein paar Fotos von Deinen Tattoos machen?", fragte ich. „Deine Kunst ist wunderschön." Sie ließ es zu. Ich knipste einzelne Stellen, aber auch ihren ganzen Körper. Nude pics. Sexy pics! Dabei startete sie einen Blowjob. Ich drückte weiter ab, sie hatte nichts dagegen. Das Ende des BJs war meine Unterschrift in ihren Mund. Danach leckte und rubbelte ich sie glücklich. Sie kam zweimal. Nun frühstückten wir. Jackie war eine Frühstücksgenießerin. Sie deckte auf wie für 5 Leute. Ich schätze, das Frühstück muss ein Vermögen gekostet haben. Mehr als in jedem 5-Sterne-Hotel.

Danach war noch Zeit, also fickten wir noch einmal. Im Stehen. Sie bückte sich nach vorne unten und ich nagelte sie gut. Sie wäre fast umgefallen, hätte sie sich nicht an der Wand abgestützt. Auch liegend taten wir es noch. Ich kam, als sie auf mir ritt. Dann sagte ich Tschüss und fuhr nach einem langen Kuss. Ich traf Jackie danach noch dreimal und verbrachte jeweils 1 heiße Nacht mit heißem Sex bei ihr. Schön war´s. Doch dann widmete ich mich wieder neuen Affären und One Night Stands.

# Buch-Tipps vom *Womanizer*

The Womanizer
Ich, der Fremdgeher 1
Die Abenteuer des Womanizers

Sex, Erotik, Liebe, Lust & Leidenschaft – dies ist die spannende Geschichte, die Autobiografie des Womanizers, eines Mannes, der seinem Leben keine Grenzen setzt und sich alle sexuellen Wünsche und Träume erfüllt.

Obwohl er glücklich in einer Beziehung mit seiner Freundin Andrea ist, die er auch wirklich liebt, gönnt er sich alle Freiheiten, um das zu genießen, wovon andere Männer nur träumen. Er erlebt fantastische Abenteuer ebenso wie böse Reinfälle, heiße Affären, Sex mit 3 Frauen gleichzeitig, Erpressung, Glück und Leid in Beziehung und One Night Stands.

Erfahren Sie mehr über den Mann hinter der geheimnisvollen Womanizer-Maske und sein Leben. Fantasien werden Wirklichkeit, Wünsche wahr. „Ich, der Fremdgeher 1" ist ein hochexplosives und spannendes Werk, das den Leser fesselt, anregt und erregt. 63 Kapitel voller Sex, Lust und Leidenschaft. 200 Seiten pure Erotik.

Doch auch Schuld und Moral spielen eine Rolle. Immer wieder hinterfragt er sein schändliches Treiben und will seiner Freundin treu bleiben, doch die Lust ist zu groß und die weiblichen Reize sind zu stark ... und so stürzt er sich in das nächste Abenteuer. Ein Buch, über das Sie noch lange sprechen werden!

ISBN 978-3-8423-2186-1
Books on Demand

# Buch-Tipps vom Womanizer

The Womanizer
Ich, der Fremdgeher 2
Neue Abenteuer des Womanizers

Dies ist Teil 2, die prickelnde Fortsetzung der spannenden Lebensgeschichte des Womanizers, eines Mannes, der seinem Dasein keinerlei Grenzen setzt und sich all seine sexuellen Wünsche und Träume erfüllt.

Obwohl er mittlerweile glücklich verheiratet und stolzer Vater eines Sohnes ist, gönnt er sich die Freiheiten, um das zu genießen, wovon andere Männer nur träumen. Er erlebt fantastische Abenteuer ebenso wie böse Reinfälle, heiße Affären, Glück und Leid in Beziehung und One Night Stands.

Erfahren Sie alles über den Mann hinter der Womanizer-Maske und sein geniales Leben. Fantasien werden Wirklichkeit, Wünsche wahr. „Ich, der Fremdgeher 2" ist ein explosives und reizvolles Werk, das den Leser fesselt, anregt und erregt. 35 Kapitel voller Sex, Liebe und Leidenschaft, 200 Seiten pure Erotik, das ist die fantastische Welt des Womanizers.

Doch auch Schuld und Moral spielen eine Rolle. Immer wieder hinterfragt er sein Treiben und will seiner Ehefrau Andrea treu bleiben, doch die Lust ist zu groß und die weiblichen Reize sind zu stark ... und so stürzt er sich in das nächste Abenteuer.

Die fantastische Fortsetzung von „Ich, der Fremdgeher 1". Ein Buch, das Sie nicht mehr loslassen wird, denn tief in Ihnen stecken auch der Trieb, die Lust und die Gier auf Erfüllung all Ihrer sexuellen Wünsche und Fantasien.

ISBN 978-3-8448-7446-4
Books on Demand

# Buch-Tipps vom Womanizer

The Womanizer
Ich, der Fremdgeher 3
Die letzten Geheimnisse des Womanizers

Dies ist Teil 3 der spannenden Biografie über das einzigartige Leben und Wirken des Womanizers, eines Mannes, der sich, trotz hübscher Ehefrau und zweier wundervoller Kinder, außertourlich all seine sexuellen Wünsche und Träume erfüllt. Dabei erlebt er das, wovon andere Männer nur träumen.

Diesmal: Sex mit den blutjungen Animateurinnen Grit & Hanna, krasse Abenteuer in der Glory Hole Bar, eine heiße Romanze mit PR-Marketing-Lady Ella, der fantastische Vierer mit den US-Girls Chloe, Madison und Stella, Kindermädchen Magdalena auf Extratour, Erotikmassagen der göttlichen Luisa, Jugenderinnerungen an Raliza, Techtelmechtel mit Praktikantin Aiko, Reinfall mit Frauke, Oh Julia, Andreas geheime Kiste, Ü-50erin Sabrina, Playboy-Lifestyle mit den Hostessen Torrie und Whitney, die scharfe Kerstin, und vieles mehr.

„Ich, der Fremdgeher 3" ist ein explosives und reizvolles Werk, das den Leser fesselt, anregt und erregt. 34 Kapitel voller Sex, Liebe und Leidenschaft, 200 Seiten pure Erotik, das ist die extravagante Welt des Womanizers.

Die geile Fortsetzung von „Ich, der Fremdgeher 1 & 2". Ein Buch, das Sie nicht mehr loslassen wird, denn tief in Ihnen stecken auch der Trieb, die Lust und die Gier auf Erfüllung all Ihrer sexuellen Fantasien.

ISBN 978-3-7460-1524-8
Books on Demand

## Buch-Tipps vom Womanizer

The Womanizer
Ich, der Fremdgeher 4
Kostbare Perlen des Womanizers

Mein Leben ist ein Traum! Attraktiv, gesund, glücklich verheiratet, Vater zweier wundervoller Kids, erfolgreicher Businessmann, Top-Verdiener, dazu Dauergast in Betten hübscher Ladies. Das bin ich, der Womanizer!

In meiner Bestseller-Biografie „Ich, der Fremdgeher" haben Sie in den Teilen 1-3 alles über mich, mein Leben, meine Fantasien und meine Taten erfahren. Mein Wirken auf der Überholspur ist grandios. Alle Männer wären gerne wie ich. Über 1.500 Frauen habe ich im Bett gehabt, und es werden immer noch mehr. Ich weiß, mit welchen Tricks ich geile Frauen um den Finger wickeln muss, um von ihnen das zu bekommen, was ich möchte: Sex! Und genauso weiß ich, mit welchen Schlichen ich das alles meiner Gattin Andrea verheimlichen kann.

Für Band 4 habe ich in meiner Schatzkiste gegraben und präsentiere kostbare Perlen des Womanizers: Bezaubernde Damen, mit denen ich heiße Stunden, Tage oder mehr erlebt habe. Von meinen wilden 20ern bis jetzt Anfang 40 habe ich eine knisternde Auswahl zusammengestellt, die Lust auf mehr macht.

Möge mein Lebensstil Sie beflügeln, Ihnen Mut schenken, Sie anspornen, es mir gleich zu tun. Denn Frauen sind dazu da, gevögelt zu werden und den Mann sexuell glücklich zu machen. Nutzen Sie Ihren Schwanz und geben Sie ihm das, was er nun mal braucht: eine hübsche Lady nach der anderen! Ich wünsche Ihnen viel Lese-Spaß mit meinen kostbarsten Perlen, von geilen One Night Stands bis hin zu Sex mit 3 girls on fire. Und vieles, vieles mehr!

ISBN 978-3-7481-4685-8
Books on Demand

# Buch-Tipps vom Womanizer

The Womanizer
Ich, der Fremdgeher 5
Heroische Erlebnisse des Womanizers

Heroische Erlebnisse sind es, die ich Ihnen diesmal präsentiere. Dies ist der 5. Band meiner Reihe „Ich, der Fremdgeher". Und immer noch gibt es spannendes Neues zu berichten, der Stoff geht mir nie aus. Wetten sind etwas Geiles, denn mit ihnen kann man Frauen gewinnen und gefügig machen. Auch MILF (Mothers I´d like to fuck) sind etwas Besonderes, da sie meist doppelt hot sind auf ein sündhaftes Abenteuer. Diese beiden Themen bilden den Schwerpunkt dieses Werkes.

Ich bin der legendäre Womanizer. Ach, was habe ich schon gevögelt in meinem Leben! Über 1.500 Ladies sind es bisher, und es werden weiter mehr. Die 2.000 sind knackbar! Und auf welche schönen Momente ich zurückblicken kann: Viele Highlights davon haben Sie bereits gelesen, andere erfahren Sie nun.

Trotz hübscher Gattin und glücklichem Vatersein ist Leben für mich mehr als Familie: Leben ist für mich SEX! Abenteuer! Lust! Trieb! Leidenschaft und Liebe! One Night Stands! Spaß haben und alles mitnehmen, was geht. Bereut habe ich bisher nichts. Ich lebe das Leben, das ich liebe. Auf der Überholspur, in den Betten hübscher Frauen.

In diesem 200-Seiter machen wir eine Zeitreise vom jungen bis hin zum heutigen Womanizer. Ich schenke Ihnen heißeste Sex-Abenteuer und echt heroische Erlebnisse meiner Person, die Sie noch nicht kennen, aber nach dem Lesen nicht mehr missen wollen. Tanken Sie Mut und versuchen Sie mir nachzueifern, denn das Leben kann so verdammt geil und schön sein!

ISBN 978-3-7494-1985-2
Books on Demand

## Buch-Tipps vom Womanizer

The Womanizer
Ich, der Fremdgeher 6
Das Ende des Womanizers?

Ist dies das Ende des Womanizers? Tja, meine lieben Freunde der Sonne, vielleicht ist das wirklich der letzte Vorhang, der für mich fällt. Meine geliebte Gattin Andrea hat ein „Ehe-Break" gefordert. Sie braucht eine Auszeit, sagt sie, von mir. Aber nicht von dem schönen Haus, das ich gekauft habe. Auch nicht von dem guten Geld, das ich ihr jeden Monat überweise.

Hat sie mich beim Fremdficken erwischt? Nein. Warum dann dieser krasse Schritt von ihr? Keine Ahnung. Frauen sind einfach unberechenbar! Ich muss ausziehen und schwebe in der beschissenen Ungewissheit, ob und wie es mit uns weitergeht. Die armen Kinder! Hat Andrea einen neuen Stecher oder Geldgeber? Geht sie etwa mir fremd? Ich werde es herausfinden.

Gleichzeitig aber lebe ich mein Womanizer-Leben weiter. Jetzt erst recht! Ich poppe Immobilienmaklerin Heidi, gewinne die sexy Fitness-Polizistin Cornelia, verliebe mich in Nutte Agnes, erlebe geniale Erotikmassagen, treffe meine Jugendliebe Yasmin nach 20 Jahren wieder, habe geilen Gruppensex mit der 18-jährigen Daphne und ihren Busenfreundinnen, kämpfe mit der skrupellosen Laetitia um meine Firma, finde in meiner Angestellten Susanna eine heiße Bettgespielin, führe die sexuell blockierte Maren in meine hohe Kunst ein und genieße immer noch eine heiße Affäre mit der geheimnisvollen Tattoo-Frau Jacqueline, kurz Jackie. Ihr seht, langweilig wird mir wirklich nicht.

Aber: Kann ich meine Ehe retten? Wird Andrea ihren Irrsinn beenden? Ich werde alles dafür tun. Drückt mir die Daumen!

ISBN 978-3-7494-3590-6
Books on Demand

# Buch-Tipps vom Womanizer

The Womanizer
Sex Bomb
100 Tricks, Frauen ins Bett zu bekommen

DER PLAYBOY TRICK * DER PIANIST TRICK * DER FEUERWEHRMANN TRICK * DER BABYSITTER TRICK * DER 6 RICHTIGE IM LOTTO TRICK * DER BILLARD TRICK * DER MAGISCHE ZETTEL TRICK * DER KINO TRICK * DER HUNDEHALTER TRICK * DER ROTE ROSEN TRICK * DER BARMANN TRICK * DER ZAUBER TRICK * DER CHEFREDAKTEUR TRICK * DER JUNG-FRAU TRICK * DER SPIONAGE TRICK * DER SCHLITTSCHUHLÄUFER TRICK * DER PORNODARSTELLER TRICK * DER MASSEUR TRICK * DER VERFLOS-SENEN TRICK * DER SCARY MOVIE TRICK * DER BUCHAUTOR TRICK * DER FUSSBALLSPIELER TRICK * DER BLIND DATE TRICK * DER KOLLEGIN TRICK * DER FOTOGRAF TRICK * DER GIPS TRICK * DER KONZERT TRICK * DER WETTE TRICK * DER REPORTER TRICK * DER SAUNA TRICK * DER KAMASUTRA TRICK * DER CHARLIE SHEEN TRICK * DER SCHLANGEN TRICK * DER WETTBEWERB TRICK * DER AMATEURPORNO TRICK * DER RESTAURANT CHEF TRICK * DER GEBURTSTAGSPARTY TRICK * DER UM-ZIEH TRICK * DER SCHÖNE FRAU TRICK * DER SHOPPING TRICK * DER CALLBOY TRICK * DER XXL-KONDOM TRICK * DER EBAY TRICK * DER EBAY DELUXE TRICK * DER BETTENKAUF TRICK * DER POKER TRICK * DER ANNA TRICK * DER MASKENBALL TRICK * DER EINKAUFS TRICK * DER EX ONE NIGHT STAND TRICK * DER DJ KUMPEL TRICK * DER POR-SCHE TRICK * DER BORDELL CASTING TRICK * DER BORDELL CASTING DELUXE TRICK * DER SEXSHOP TRICK * DER STILLE TRICK * DER E-MAIL TRICK * DER FACEBOOK PARTY TRICK * DER JOGGER TRICK * DER THER-MEN TRICK * DER ROBINSON CLUB CAMYUVA TRICK * DER 25 ZENTIME-TER TRICK * DER SALTO TRICK * DER TRAUM TRICK * DER COACHING FÜR SINGLES BUCH TRICK * DER 5 DVDS ZUR AUSWAHL TRICK * DER STRAPSE TRICK * DER MASSAGEKURS TRICK * DER VISITENKARTEN TRICK * DER WITZE TRICK * DER TAGEBUCH TRICK * DER VIBRATOR TRICK * DER SPIRITUELLE TRICK * DER TANZ TRICK * DER WELTREKORD TRICK * DER POLEN TRICK * DER 10 MINUTEN TRICK * DER VERLASSE-NEN TRICK * DER PFIFFIGE TRICK * DER SCHLAF MIT MIR TRICK * DER SCHAUSPIELFREUNDIN TRICK * DER GANZKÖRPERMASSAGE TRICK * DER FLOATING TRICK * DER ZUCKERWATTE TRICK * DER BUTLER TRICK * DER KÄLTE TRICK * DER PROMIFOTO TRICK * DER STEWARDESS TRICK * DER RETROSPEKTIVE TRICK * DER KUMPEL TRICK * DER CHEF TRICK * DER KAJAK TRICK * DER SCHWESTER TRICK * DER WEIHNACHTSMANN TRICK * DER PUTZFRAU TRICK * DER GESCHENK TRICK * DER SPRICH MICH AN TRICK * DER SADOMASO TRICK * DER ZAHLEN TRICK * DER SPEED-DATING TRICK

ISBN 978-3-8448-0574-1
Books on Demand

# Buch-Tipps vom Womanizer

The Womanizer
Meine heißesten Sex-Abenteuer

The Womanizer präsentiert seine allerheißesten Sex-Abenteuer! Nach dem Erfolg seiner Bestseller „Ich, der Fremdgeher Band 1-6" ist dies ein weiteres Meisterwerk des Mannes, der schon über 1.500 Frauen im Bett hatte und als Casanova des 21. Jahrhunderts in die moderneren Geschichtsbücher eingehen wird.

Hier schildert er seine geilsten und heißesten Sex-Erlebnisse der letzten 10 Jahre seines aufregenden Lebens und Tuns: Barbara, Teresa, Mary, Iris, Tammy, Rimma, Caro, Lucy, Paula, Jenny, Gabi, Denise, Raliza, Katja, Angie, Anja, Jana, Celine und Alicia heißen die Damen, die The Womanizer für dieses Best of ausgewählt hat.

Jedes dieser Abenteuer zählt zu seinen Favourites. Tauchen Sie ein in die Welt und den Körper des Womanizers und erleben Sie mit ihm seine heißesten Sex-Abenteuer – live und hautnah, uncensored und geil, prickelnd und erlösend.

Spüren Sie die Zärtlichkeiten, den Sex, die Erotik, die Lust und die Leidenschaft, die dieses Buch zu einem interaktiven Lesevergnügen machen. The Womanizer wünscht Ihnen viel Freude mit „Meine heißesten Sex-Abenteuer"!

ISBN 978-3-8448-1952-6
Books on Demand

## Buch-Tipps vom Womanizer

The Womanizer
SEXSÜCHTIG!
(M)EINE FRAU IST NICHT GENUG

(M)EINE FRAU IST NICHT GENUG – das ist die Philosophie, das Lebensmotto des Womanizers! Nach seinen vielen Bestseller-Büchern präsentiert der Playboy des 21. Jahrhunderts sein Werk „SEXSÜCHTIG!", in dem er die wundervolle Beziehung zu seiner Ehefrau Andrea beschreibt und gleichzeitig über seine geilsten Seitensprünge intimst Auskunft gibt.

Erfahren Sie mehr über den Mann, der schon über 1.500 Frauen im Bett hatte, und seine heißen Sex-Abenteuer mit Isabel, Simone, Carmen, Melly, Sandy, Samira, Michèle, Bianca, Lena, Silke, Lolita und Wendy. Megaerotisch und anregend sind seine Schilderungen von Liebe, Sex und Zärtlichkeit, Lust und Leidenschaft, Gier und Verlangen.

(M)EINE FRAU IST NICHT GENUG – der Drang nach neuen Erfahrungen, nach jungen, schönen Körpern und tabulosen Mädels ist groß. Und die Mädels sind willig. The Womanizer nimmt sie gerne, aber nur die Besten! Und was die so alles können, erfahren Sie in diesem Buch!

ISBN 978-3-8482-0035-1
Books on Demand

# Buch-Tipps vom Womanizer

The Womanizer
Sexy!
Memoiren eines Playboys

Tauchen Sie ein in eine Welt voller Lust, Leidenschaft, Sex und Erotik! The Womanizer präsentiert seine Memoiren und berichtet von seinen geilsten Sex-Abenteuern mit blutjungen, bildhübschen 18-jährigen Mädchen bis hin zu 43-jährigen, reifen Damen.

Sie alle sind ihm hilflos verfallen und finden einen Ehrenplatz in diesem Werk, das durch intimste Schilderungen und faszinierende Erlebnisse überzeugt.

„Sexy!" ist ein interaktives Lesevergnügen – der Womanizer erzählt seine Begegnungen hautnah und lebendig, als wären Sie persönlich dabei. Freuen Sie sich auf 24 Ladies und ihre Traumkörper, ihre Lust und Gier nach einem Mann, der sie glücklich macht.

Anhand seiner extraorbitanten Leistungen ist The Womanizer zweifelsohne DER Playboy des laufenden 21. Jahrhunderts. Wir sagen: Viel Spaß beim Lesen und Genießen dieses Buches!

ISBN 978-3-8482-0153-2
Books on Demand

# Buch-Tipps vom Womanizer

The Womanizer
Verbotene Lust!
Sex ist mein Leben

In „Verbotene Lust!" führe ich Sie in meine geile Vergangenheit und präsentiere einige Raritäten und Perlen meiner sexuellen Lust. Da ich meine Abenteuer dokumentiere, weiß ich exakt Bescheid und kann detailgenau das schildern, was ich erlebe, wovon andere Männer nur träumen.

Auch wenn diese Lust eigentlich „verboten" ist, so ist sie für mich normal. Ich sehe nichts Schlimmes daran, dass ich mich sexuell auslebe und mir meinen Spaß auch in anderen Betten hole. Ich verletze meine Ehefrau Andrea ja nicht, sie kennt halt nur nicht die volle Wahrheit. Und die wird sie auch nie erfahren.

Freuen Sie sich auf meine sexuellen Abenteuer mit der Therapeutin Silva, das Maskenball-Spektakel, den sensationellen Vierer mit Kylie, Nele und Helene, die Sex-Toy-Verkäuferin Cathy, die Praktikantin Kerstin, das 18-jährige Kindermädchen Magda, und auf vieles mehr.

Sex ist mein Leben, daher werde ich stets die „Verbotene Lust" mitnehmen, leben und genießen, denn ich bin und bleibe The One & Only Womanizer!

ISBN 978-3-7460-4353-1
Books on Demand

# Buch-Tipps vom Womanizer

The Womanizer
Meine besten Dreier
2 Ladies & The Womanizer

Was für viele Männer ein ewiger, unerfüllter Traum bleibt, ist für mich geile Realität: der sagenumwobene flotte Dreier! Ach, wie oft schon habe ich 2 Frauen gleichzeitig im Bett gehabt und sensationelle Stunden mit ihnen erlebt. Wenn auf einmal 4 Hände und 2 Münder loslegen und ihr Bestes geben, dann sieht man die Sterne funkeln.

Nach meinen Verkaufsschlagern „Ich, der Fremdgeher" Band 1-6 sowie diversen Specials ist es an der Zeit, der großen Nachfrage gerecht zu werden und den Spot auf meine allerbesten Dreier zu lenken. Hierbei gilt das Gesetz: Wenn ich Gruppensex habe, bin ich der einzige Mann! Platz für einen zweiten Mann gibt es dabei nicht. Und die Frauen, mit denen ich es treibe, müssen hübsch und geil sein. Sexhungrig und offen für alles.

Wenn meine geschätzte Frau Andrea von meiner Dreier-Leidenschaft wüsste, würde sie mich umbringen. Nun ja, einmal hat sie ja selbst mitgemacht, mit der süßen Lena. Dieser ganz besondere Dreier wird ausführlich im Werk behandelt und erhält als Abschlusskapitel den Ehrenplatz. Aber sonst bin ich für Andrea ein liebender, treuer und einfach der perfekte Ehemann und Partner. Bin ich ja auch, bis auf das mit der Treue …

Lassen Sie sich eines versichern: Wenn Sie bisher noch keinen Dreier mit 2 Frauen erlebt haben, Sie Armer, dann haben Sie wirklich etwas Ultimatives verpasst!

ISBN 978-3-7528-3132-0
Books on Demand

# Buch-Tipps vom Womanizer

The Womanizer
Geile 18
Jung, Schön, Sexy & Versaut

Die Zahl 18 ist eine magische, denn sie beschreibt die Eigenschaften, die mir an Frauen wichtig sind: Jung, Schön, Sexy & Versaut! Ich spreche von Göttinnen, die soeben die Grenze vom Mädchen zur Frau überschritten haben und sich in einem überaus reizvollen Alter befinden.

Wenn ein Mädchen endlich volljährig wird, steht sie mir offen. Yeah! Ihre süßen, noch mädchenhaften Rundungen, ihr straffer, faltenfreier Körper, ihr naiver, unschuldiger Blick – all das verführt mich ungemein. Noch mehr verführen mich die 18-jährigen Luder, die es darauf anlegen. Die um Analsex betteln, Fesselspiele beherrschen, Sperma genüsslich schlucken und genau wissen, wie sie mich genial befriedigen können. Die mit 18 bereits alle Tabus abgelegt haben, um im Bett ihre und meine Erfüllung zu erleben.

Als Mann Ende 30, mit der tollen Andrea verheiratet und Vater zweier wundervoller Kinder, als renommierter Produzent und Gutverdiener, ist es mir eine Ehre, auch heute noch mir das zu holen, was ich will. Sexuell. In meinem Leben habe ich bereits über 1.500 Frauen im Bett gehabt, davon waren sicher 100 dabei, die Sweet Little Eighteen waren.

Aufgrund großer Nachfrage habe ich meine besten sexuellen Erlebnisse mit 18-jährigen Girls zusammengestellt. Und dabei festgestellt: Ein Buch reicht dafür nicht aus! Daher kündige ich jetzt schon eine Fortsetzung dieses Werkes an.

ISBN 978-3-7528-8060-1
Books on Demand

# Buch-Tipps vom Womanizer

The Womanizer
Supergeile 18
So Jung, Schön, Sexy & Versaut

18 ist eine magische Zahl, denn sie beschreibt die Eigenschaften, die mir an Frauen wichtig sind: So Jung, Schön, Sexy & Versaut! Die Rede ist von Göttinnen, die soeben die Grenze vom Mädchen zur Frau überschritten haben und sich in einem überaus reizvollen Alter befinden.

Wenn ein Mädchen endlich volljährig wird, steht sie mir offen. Yeah! Ihre süßen, noch mädchenhaften Rundungen, ihr straffer, faltenfreier Körper, ihr naiver, unschuldiger Blick – all das verführt mich ungemein. Noch mehr verführen mich die 18-jährigen Luder, die es darauf anlegen. Die um Analsex betteln, das Fesselspiel beherrschen, Sperma schlucken und genau wissen, wie sie mich befriedigen können. Die mit 18 bereits alle Tabus abgelegt haben, um im Bett ihre und meine Erfüllung zu erleben.

Als Mann Ende 30, mit der tollen Andrea verheiratet und Vater zweier wundervoller Kinder, als renommierter TV-Produzent und Gutverdiener, ist es mir eine Ehre, auch heute noch mir das zu holen, was ich möchte. Sexuell. In meinem Leben habe ich bereits über 1.500 Frauen im Bett gehabt, davon waren sicher 100 dabei, die Sweet Little Eighteen waren.

Aufgrund großer Nachfrage habe ich meine besten sexuellen Erlebnisse mit 18-jährigen Girls zusammengestellt. Und festgestellt: Ein Buch reicht dafür nicht aus! Dies ist Teil 2, die Fortsetzung von „Geile 18"! Auf geht´s in einen supergeilen Liebesstrudel, denn sie sind So Jung, Schön, Sexy & Versaut!

ISBN 978-3-7528-2472-8
Books on Demand

# Buch-Tipps vom Womanizer

The Womanizer
Meine aufregendsten One Night Stand
Frauen, die ich nie vergessen werde

SEX ist mein Leben! Über 1.500 Ladies zwischen 18 und 50 habe ich bisher im Bett gehabt. Als liebevolle Mutter meiner Kinder ist meine langjährige Partnerin und Ehefrau Andrea immer noch meine absolute Traumfrau, der Sex mit ihr ist toll.

Dennoch, glücklich in Beziehung und erfolgreich im Beruf, wie ich es bin, brauche ich die Abwechslung im Bett, damit meine ich nicht die Bettwäsche, sondern Damen. One Night Stands sind ein probates Mittel, um unverbindlich und fröhlich sein Vergnügen zu erzielen. Viel einfacher als eine Affäre.

Ich bin Profi, was One Night Stands angeht. Zu viele habe ich schon erlebt und erlebe sie weiterhin, dass ich genau weiß, wie ich eine Frau, die ich geil finde, in mein Bett und von ihr Sex bekomme.

Für dieses Best of habe ich mich für die aufregendsten One Night Stands meines Lebens entschieden, mit Frauen, die ich niemals vergessen werde. Lassen Sie sich inspirieren von meinen Taten, tauchen Sie ein in den Körper des Womanizers, und ab geht die Bett-Post!

ISBN 978-3-7528-4102-2
Books on Demand

## Buch-Tipps vom Womanizer

The Womanizer
Meine aufregendsten One Night Stand 2
Frauen, die ich niemals vergesse

SEX ist mein Leben!! Über 1.500 Ladies zwischen 18 und 50 habe ich bisher in meinem Bett gehabt. Als liebevolle Mutter meiner beiden Kinder ist meine langjährige Partnerin Andrea immer noch meine absolute Traumfrau.

Dennoch, glücklich in Beziehung und erfolgreich im Beruf, wie ich es bin, brauche ich ständige Abwechslung im Bett, und damit meine ich nicht Bettwäsche, sondern Damen. ONS, One Night Stands, sind ein probates Mittel, um unverbindlich sein Vergnügen zu erzielen. Viel einfacher als eine Affäre.

Ich bin Profi, was One Night Stands angeht. Zu viele habe ich schon erlebt, dass ich genau weiß, wie ich eine Frau, die ich geil finde, ins Bett und von ihr Sex bekomme.

Für dieses Best of habe ich mich für die aufregendsten ONS meines Lebens entschieden, mit Frauen, die ich niemals vergesse. Ich wünsche Ihnen viel Freude mit meinen allergeilsten One Night Stands Teil 2!

ISBN 978-3-7460-4936-6
Books on Demand

# Buch-Tipps vom Womanizer

The Womanizer
In MILF Paradise
Extravagante sexuelle Erlebnisse mit scharfen Müttern

MILF (Mothers I´d like to fuck) sind etwas Exklusives, denn sie sind sexy, rattenscharf und geil. Ich habe in meinem Leben bereits über 1.500 Frauen im Bett gehabt, Dutzende waren horny MILF. Viele davon verheiratet, einige Single. Die jüngste MILF war 18, die älteste 47.

In diesem Werk habe ich meine extravagantesten sexuellen Erlebnisse mit ebendiesen lasziven Müttern und Kindshüterinnen zusammengestellt. Meine Frau Andrea ist nach wie vor unwissend meines wilden Treibens. Ihr bin ich der perfekte Gatte und liebevolle Vater unserer 2 Kinder. Doch so sehr ich meine Frau liebe, treu sein kann und will ich ihr einfach nicht.

Das Projekt „In MILF Paradise" entstand durch mein sensationelles Erlebnis mit Kollegin Nina, 23-jährige Mutter des kleinen Anton (2). Nina war der helle Wahnsinn! Ihr gebührt daher auch der Startplatz. Freuen Sie sich auf meine geilsten Affären mit MILF-Mothers, die auch Sie ficken würden. Ich wünsche Ihnen viel Freude und Anregung beim Studieren und Lesen!

ISBN 978-3-7481-9116-2
Books on Demand

# Buch-Tipps vom Womanizer

The Womanizer
Besiegt, Erobert & Geliebt
Wie ich Frauen über Wetten zum Sex bekomme

„Wetten, dass..?" – Wer kennt sie nicht, die einzigartige ZDF-Samstagabendshow, die knapp 35 Jahre lang die Welt erfüllte. Spektakuläre Wetten wurden durchgeführt. Wetten spielen auch in my life eine große Rolle. Ich wette sehr gerne! Weil ich dadurch schon viele Frauen rumbekommen habe.

In vorliegendem Werk habe ich meine heißesten Sexgeschichten zusammengestellt, die ich mir erspielt habe. „Besiegt, Erobert & Geliebt" lautet diesmal das Motto. In der Regel bekomme ich Frauen so. Über 1.500 habe ich bereits im Bett gehabt, bald knacke ich die 2.000. Einige von ihnen musste ich aber ein wenig überzeugen, um es mit mir zu tun. Und hier kommen die Wetten ins Spiel.

Man muss Frauen nur eine reizvolle Wette anbieten, mit einem Gewinn für sie. Man muss sie auch am Ego packen. 7 geniale „Besiegt, Erobert & Geliebt"-Erlebnisse warten hier auf Sie. Sie sollen Sie inspirieren und Ihnen zeigen, welche Tricks mir halfen, die Nuss doch noch zu knacken.

ISBN 978-3-7528-9408-0
Books on Demand

# Buch-Tipps vom Womanizer

The Womanizer
Meine wildesten Erlebnisse
Wenn Fantasien Wirklichkeit sind

Der Womanizer ist back, mit seinen wildesten Sex-Erlebnissen im Gepäck. Wir blicken auf Highlights meiner Laufbahn. Yasmin, die als Teenager in mich verliebt war. Gut 20 Jahre später kommt es zur sexuellen Reunion.

In Irland hatte ich in 14 Tagen 3 Frauen. Meine Gattin Andrea war früher auch nicht ohne: Was ich in ihrer „Magic Box" fand, war brisantes Sex-Material. Ich interessierte mich für die Nutte Agnes, doch es kam alles ganz anders. Tinder-Fick: Janka war eine krasse Lady mit krassen Vorlieben. Und was ich mit meiner älteren Schwester erlebt habe, sollte ich besser für mich behalten.

Ich bin Fan von sinnlichen, erotischen Massagen. So gerne lasse ich mir dort meine Palme wedeln. Als Blue Man Sex zu haben, wer kann das schon behaupten? Dann darf die 19-jährige süße Quirina nicht fehlen, Tochter meines Ex-Chefs. Es sind 112 Seiten Erotik und wilde Erlebnisse, die Dich anregen sollen, es mir gleich zu tun. Live sex and enjoy life!

ISBN 978-3-7504-9750-4
Books on Demand

# Buch-Tipps vom Womanizer

The Womanizer
AusgeSEXt
Das End meines Glücks?

Ist dies das Ende des Womanizers? Meine geliebte Ehefrau Andrea hat mich rausgeschmissen und verlangte eine Auszeit. Ich organisierte mir eine Mietwohnung und ließ es krachen. Gott sei Dank nahm mich Andrea nach einem halben Jahr wieder zurück. Glück gehabt!

Während dieser heiklen Phase poppte ich so einiges: Daphne (18) hatte sich über den Wendler-Komplex in mich verliebt. Mit ihren sexy Schulfreundinnen vernaschte sie mich gleich mehrmals. Heidi war nicht nur meine Immobilienmaklerin, auch eine gute Gespielin im Bett. Der sexuell blockierten Maren erteilte ich Lektionen in Lust und Leidenschaft. Die reizvolle Tattoo-Lady Jackie (34) verführte mich mit ihrem Körperschmuck.

Cornelia und Leonie angelte ich mir für einen flotten Dreier und mehr. Sonja war für mich unerreichbar. Also trickste ich und machte sie gefügig. Käuflich bin ich nicht. Das musste die erfolgreiche Geschäftsfrau Laetitia erkennen. Statt meiner Firma ließ ich sie etwas anderes schlucken. Und mein Business-Trip nach Holland brachte mich mit Susanna zusammen. Eines steht fest: AusgeSEXt habe ich noch lange nicht!

ISBN 978-3-7494-3471-8
Books on Demand

# Buch-Tipps vom Womanizer

The Womanizer
Der frühe Vogel fängt den Wurm
Sweet Memories

Wer ein Womanizer werden will, muss früh beginnen. In diesem Special widme ich mich einigen meiner frühen Abenteuer. Ich stelle Rali vor, mit der ich meinen ersten Sex hatte. Die scheue Flavia weihte ich in die Sex-Kunst ein. Gleichzeitig genoss ich ein heißes Programm mit ihrer älteren Schwester, der Franziska. Während meiner Abi-Zeit ließ ich es richtig krachen:

Ich bumste meine sexy Sportlehrerin Sarah. Bei den Bayerischen Meisterschaften in Badminton legte ich Dorothea und Rebecca H. flach. Die bilderbuchhübsche Susanne bekam ich über die Chloe. Aus einer vertrauensvollen Bruder-und-Schwester-Beziehung mit Jasmin wurde inniger Sex. In Irland vögelte ich Pippa, Emma und Teamleiterin Becky.

Auf einem Musik-Festival genoss ich mit Natascha und Doreen einen lustvollen Dreier. Meine schicke Nachbarin Juli hasste mich zuerst, doch dann liebte sie mich, da ich ihre Orgasmus-Probleme löste. Genießt diese heiße Auswahl meiner versexten Jugend!

ISBN 978-3-7519-8008-1
Books on Demand

# Buch-Tipps vom Womanizer

The Womanizer
Der Robinson-Playboy
Von blauen Männern und heißen Girls

Bevor ich meine Frau Andrea kennenlernte, zelebrierte ich mein Leben als Animateur im Robinson Club in Soma Bay. Dieses Buch enthält meine geilsten sexuellen Abenteuer aus meiner Studentenzeit und aus meinem Auslandsaufenthalt im Paradies.

Wir starten mit der süßen Julia, die bis heute Platz in meinem Herzen hat. Die hübsche Lesbe Alice war in unserer Sportgruppe und wollte einen Mann ausprobieren. Soma Bay: Im Kicker-Duell erspielte ich mir Sex mit Tanz-Choreo Anush. Meine 28-jährige Teamchefin Ronda war eine top Beach-Volleyballerin, doch ich war besser. So musste sie mich erotisch massieren. Zwaantje war Kickboxerin. Als Special Guest prügelte sie Gäste durch ihre Kurse, im Bett konnte sie sehr zärtlich sein.

Quirina war Clubchef Uwes Tochter. Ein hübsches Ding. Die 19-Jährige verliebte sich in mich und ich erlebte mit ihr äußerst innige Tage. Als Blue Man Sex zu haben, ist etwas sehr Exklusives. Blaue Ficks entstanden. Zurück in Deutschland nervte mich Nachbarin Ariel, doch aus dem Langstrumpf-Pippi-Verschnitt wurde ein sexy Girl. Viel Freude mit blauen Männern und heißen Girls!

ISBN 978-3-7494-3318-6
Books on Demand

# Buch-Tipps vom Womanizer

The Womanizer
Hot Business 1
Hübsche Kolleginnen sind gute Kolleginnen

Seit über 20 Jahren arbeite ich als TV-Produzent. Vom Mitarbeiter zum Big Boss. Ich bin schon 17 Jahre mit meiner heutigen Ehefrau Andrea zusammen und habe 2 tolle Kinder mit ihr. Und trotzdem habe ich sie unzählige Male sexuell betrogen. Still going on.

„Hot Business" ist eine Serie über meine heißesten Sex-Abenteuer mit Kolleginnen, Praktikantinnen und Geschäftspartnerinnen. Dies ist Band 1. Isabel war die Erste. Melina wurde zur Affäre. Sandy ein Luder der Basic-Instinct-Sorte. Linda eine mächtige Instanz, die mich nach dem Bettspiel abservierte. Ich rächte mich. Joanna war für unsere Webseite zuständig, doch sie widmete sich auch meinen intimsten Bedürfnissen.

Nancy war dumm, aber dumm fickt ja gut. Silke verhütete, auf einmal war sie schwanger. Ich musste handeln. Lucy zelebrierte ein Praktikum der besonderen Art. Mary und Iris vögelte ich in Dänemark. Das Wiedersehen mit meiner Jugendliebe Raliza auf Businessebene wurde sehr versaut. Mein geiles Motto: Hübsche Kolleginnen sind gute Kolleginnen!

ISBN 978-3-7519-8942-8
Books on Demand

111

# Buch-Tipps vom Womanizer

The Womanizer
Hot Business 2
Wenn die Arbeit zum Vergnügen wird

Seit über 20 Jahren arbeite ich als TV-Produzent. Vom Mitarbeiter zum Big Boss. Ich bin schon 17 Jahre mit meiner heutigen Ehefrau Andrea zusammen und habe 2 tolle Kinder mit ihr. Und trotzdem habe ich sie unzählige Male sexuell betrogen. Still going on.

„Hot Business" ist eine Serie über meine heißesten Abenteuer mit Kolleginnen, Praktikantinnen und Geschäftspartnerinnen. Dies ist Band 2. Das Wiedersehen mit Lucy gipfelte in einem Dreier mit Paula. Eva war Ü40, aber auch Ü-heiß. In Amerika erlebte ich krasse Abende in einer Glory Hole Bar. Ella (28) wurde zu einer sweeten Affäre. Japse Aiko hatte noch nie einen deutschen Schwanz – dann kam ich.

Mit der Sabrina erlebte ich scharfen Sex, mit der dunklen Shari käuflichen. Kerstin (22) war mit das geilste Mädel in meinem Bett. Larissa ein ONS. Ich fickte Kamerafrau Janine, obwohl sie mit Peer zusammen war. Und Sonja war ein ganz eigener Fall. „Hot Business" habe ich diese erotische Buch-Reihe genannt, getreu meinem Motto: Wenn die Arbeit zum Vergnügen wird.

ISBN 978-3-7519-9979-3
Books on Demand